跡継ぎ目当てのお見合い夫婦ですが、旦那様の執着が始まって最愛の子を授かりました

m a r m a l a d e b u n k o

砂 川 雨 路

marmalade bunko
マーマレード文庫

目次

跡継ぎ目当てのお見合い夫婦ですが、旦那様の執着が始まって最愛の子を授かりました

跡継ぎ目当てのお見合い夫婦ですが、
旦那様の執着が始まって最愛の子を授かりました

プロローグ

夏目睦月《なつめむつき》という人は王子様みたいな人だった。

絵本やアニメの王子様というよりは、少女漫画で見る典型的な王子様キャラクターといった感じだ。実際、後輩たちは『海邦《かいほう》学園の王子様』と学校名を冠して彼を呼んでいた。

生徒会長、テニス部部長、成績優秀、スポーツ万能、それでいておごることなく誰にでも分け隔てなく優しい。

多くの友人や後輩たちに囲まれた彼は、さながら物語の主人公のひとりだった。

私、大井茜《おおいあかね》はそれを見つめるモブキャラクターのひとり。

彼が学校行事で活躍すれば、『キャー』と歓声をあげる女子のひとり。生徒会長として彼が人前で話せば、ほうっとため息をつく生徒のひとり。

私の視界にはいつも彼がいたけれど、私自身は彼に存在を認識されていないだろう。

王子様はお姫様と結ばれるもので、モブはそれを祝福する立場なのだ。

モブはお姫様になれない。

あの頃の私はその事実をわきまえた上で、そっと彼を見つめていた。手の届かない王子様に、憧れと同義の片想いをしていた。

あれから、十一年。

今、私の目の前には夏目睦月さんがいる。

グレーのスーツを着て、姿勢正しく向かいの席に正座している。ナチュラルなマッシュショートのツーブロックヘアは、彼をあの頃みたいに爽やかに見せていたし、一方で二十八歳の落ち着きも窺《うかが》える。

かたや私は、青地に鶴文様《つるもんよう》の振袖を着て、緊張で硬くなる表情に一生懸命、笑顔を張り付けている。

モブだったはずの私が、なぜか憧れの王子様と十一年を経てお見合いをしている。

盗み見る彼の表情は静かで、どこか物憂げで、このお見合いを喜んでいるようには見えなかった。

私はこの日、初めてヒロインとして彼の前にいるけれど、この物語は本当にハッピーエンドなのだろうか。

一　憧れの人とお見合いをすることになりました

西ノ島《にしのしま》株式会社営業本部コンテンツ部。私が勤める職場だ。

我が社は関東にウエストアイルという大きなショッピングモールをいくつか経営している。元は小売業だった会社が、近年の湾岸地区再開発に合わせて一号店を出したのが始まり。

私、大井茜は入社五年目、ショッピングモールに出店する企業の担当をしている。

業務内容はオフィスワークと、担当先企業を回る営業活動が半分半分。テナントを回ることもあるし、売り場を任されているので打ち合わせも多岐に渡る。

なかなか忙しいけれど、私は仕事が好きで日々は充実している。同居の両親に言わせれば、彼氏の話も結婚の話も聞こえてこないのは仕事に夢中すぎるからだそうだ。

ちょっと余計なお世話だと思う。

今どき、結婚が女の幸せではないし、定年まで勤めたい仕事がある方が得難い幸せだと思うのだ。もちろん、恋愛に興味がないわけじゃないけれど、それは追々ご縁があったらでいい。

「大井、今日はなつめ屋に行くんだろ？」

この日、オフィスで外出準備をする私に声をかけてきたのはコンテンツ部の錦戸《にしきど》部長だ。五十代のナイスミドルな錦戸部長は、若い頃から西ノ島のエースだったらしい。社内結婚した奥様は同期で大恋愛だったとか。

私はパソコンをスリープさせ、カバンを手にデスクに歩み寄った。

「はい、大宮《おおみや》の新施設にも出店のお誘いをしているので、その件で打ち合わせをしてきます」

「なつめ屋さん、業績好調だからな。テナント料は少しかかるが、目立つブースをお勧めしてみてくれないか」

錦戸部長は、このなつめ屋に関しては私の前任なのだ。

「承知しました。ですがあちら堅実なので、なかなか乗ってはくれないと思いますよ」

私の言葉に、錦戸部長が頭を掻《か》いた。客先の担当者の顔を思い浮かべているのだろう。

「ああ、社長の息子さんの夏目部長がうんとは言わなそうだなあ」

「夏目部長は、穏やかそうに見えて譲りませんから」

私は話に出た夏目睦月部長の顔を思い浮かべる。

二十八歳の彼は、なつめ屋の営業本部長。高校時代の王子様だった夏目睦月さんと、こうして大人になってから仕事で再会するとは思わなかった。呉服商の御曹司なのは高校時代から知っていたけれど、客先になるなんて。

「まあ、プッシュだけ頼む。大井の力を頼りにしてるから！」

「ご期待に添えるよう頑張ります」

手を合わせて拝む部長にガッツポーズを見せて、私はオフィスを出た。

外はむわっとする暑さ。季節は夏の盛りだ。新橋《しんばし》のオフィスから日本橋《にほんばし》のなつめ屋株式会社へ向かうだけで、ハンカチがびしょ濡《ぬ》れになるくらいの汗をかいた。

夏は好きだけれど、客先に出かけるときはちょっと困ってしまう。

エントランスに入る前に汗を拭《ふ》き、前髪だけ整える。いまだに夏目部長に会う前は緊張する。それは恋心ではないけれど、あの頃の憧れが私の心に残っているせいだろう。

受付に立ち寄り、同じ階にある打ち合わせブースに通された。

なつめ屋は江戸時代から続く呉服商だが、オフィスビルは近代的で洗練されたデザインだ。打ち合わせブースは和のコンセプトなのか木のテーブルが並び、一部畳敷きの小上がりまである。当時の呉服商をイメージしているのだろう。おしゃれな発想だ。

今日は指定されたテーブルで、担当のふたりを待った。

「大井さん、暑い中ご足労ありがとうございます」

現れたのはなつめ屋側の担当者である逆井《さかさい》さんという男性。そして、一緒に打ち合わせに参加するのが夏目睦月部長だ。

「今日は大宮店のお打ち合わせですから、張り切ってまいりました。暑さなんてなんでもありません」

本当は汗でシャツが張り付くくらいだし、ハンカチの予備を持ってきてよかったというくらい汗をかいているけれど、そんな泥臭い雰囲気を醸し出したくない。若者に人気のショッピングモールの営業なんだから、スマートでいたい。

私は笑顔で資料を並べ、打ち合わせに入る。

「……ということで、こちらのブースをお勧めしたく思っているんです」

「う～ん、うちのキャパとしてはちょっと大きすぎるような」

錦戸部長の頼み通りの提案を口にすると、やはり逆井さんが困った顔を見せた。大きめの店舗に出店すれば、目立ったとしてもテナント料は跳ね上がる。当然の反応だろう。すると、横から夏目部長がひと言。

「当初の予定通り、こちらの位置の店舗でお願いします」

冷たくは響かないものの、穏やかさの中に有無を言わせぬ雰囲気がある。想定していたので、私はじっと夏目部長の顔を見つめた。冷たくも見える顔には、長い睫毛《まつげ》の陰。私の熱心な気持ちも伝えておかねばならない。

「若い女性の動線を考えて、お勧めしています。なつめ屋さんの着物はモダンで、若い女性に響きます。ティーン向けの雑誌にも掲載されていましたね。辰巳《たつみ》店と多摩西《たまにし》店では今年の浴衣の売れ行きも好調でした。もっと女性の購買層を意識したお店作りをご提案したいんです」

私の言葉に夏目部長はわずかに首をかしげて考える様子を見せた。髪の毛が少しだけさらりと動き、綺麗《きれい》な形の目が細められる。

私にはわかる。夏目部長の心はもう決まっているのだ。

「浮ついた経営にならないように苦心しているんです」

案の定、夏目部長は穏やかな笑みを浮かべ、私を見つめ返した。

「ウエストアイルさんに出店させていただき、新たな購買層と出会えたのはありがたいと思っています。だからこそ大きな挑戦をするべき時期は慎重に考えたいんです。

今回は、最初にご提案いただいた契約内容で進めましょう」

難攻不落。いや、想定通りだ。

「承知しました。では、逆井さんと夏目部長のおっしゃるように、最初にご提案させていただいたテナント位置でいきましょう」

「よろしくお願いします」

逆井さんと頭を下げ合っていると、受付の女性が歩み寄ってきた。手にはブランケットがある。

「よろしければお使いください」

私に向かって、そう言ったのは夏目部長だ。何気ない口調で、こちらに気負わせないよう付け足す。

「冷房がきついでしょう、ここは」

確かに打ち合わせも進み、汗が冷えて少し寒さを感じ始めていた。他にも打ち合わせをしている人たちがいるし、客先で『冷房の設定温度を上げてほしい』などと言えないので我慢していたところ。

しかし、受付の女性に夏目部長が何か言いつけていたのは、最初にペットボトルのお茶を運んでくれたときだろう。

「お気遣いいただきましてすみません。ありがとうございます。実はちょっと寒くなってきたんです」

さすが、海邦学園の王子様と言われた人。十年以上経ってもスマートだと言わざるを得ない。

私は遠慮なくブランケットを膝にかけさせてもらった。脚を温めると、寒気は引いた。

「いえ、大井さんに風邪をひかせたくありませんから」

夏目部長は静かに言った。さりげない気遣いは、彼にとっては誰に対しても礼儀として見せるものなのだろう。

打ち合わせを終え、私は会社へ。駅で、いただいたペットボトルを飲み干し、自動販売機で新しいお茶を買った。ひと口飲んでふうとひと息。外に出ればやっぱり暑い。駅構内も蒸し風呂みたいだ。

「夏目部長……格好よかったな」

ついぼそっと口に出してしまった。

夏目睦月部長とは、同じ海邦学園という中高一貫校で一緒だっただけの先輩後輩の間柄だ。生徒会長を務め、テニス部では部長でエース。成績優秀の彼は王子様とあだ名され、常に人に囲まれていたっけ。

私は認識すらされない後輩のひとりだ。キラキラ輝く主人公の周りにいる村人Aとか町の少女Bとかそういう役回りである。ヒロインにもヒーローにもまったく絡む余地のない存在だった。

それがまさか、仕事の取引先として再会を果たすことになるとは思いもよらない奇跡だった。

私が大学を卒業し、西ノ島株式会社に入ったのが五年前。入社から二年は管理部にいて、三年目にコンテンツ部に異動し、担当させてもらった企業のひとつがなつめ屋株式会社だったのだ。

あの夏目睦月先輩のお父様の会社だとはすぐに気づいたけれど、まさか最初の顔合わせから彼と再会するとは思わなかった。

大人になった夏目先輩は、あの頃よりいっそう素敵で、正直最初はドキドキしすぎるので打ち合わせに同席しないでほしいと思ったくらいだ。三年近く経つと慣れたけれど、やはりこういった優しさを見せられた後はどきんと胸が甘く疼《うず》いてしまう。

「まあ、どうこうなりたいわけじゃないけどさ」

高校時代だってあくまで憧れだ。恋心ではあったけれど、叶わない、届かないとわかった上での気持ちだった。推しのアイドルを見守る感覚に近い。

だから、今大人になった夏目睦月さんとプライベートで向かい合う機会があったとしても同じだ。

それに、彼ほど素敵な男性を女性は放っておかない。きっと可愛い恋人がいるだろう。

もしくは未来の社長なのだから、美人で賢い婚約者がいる可能性だってある。確か年明けに二十九歳になるはずだし、そろそろ婚約や結婚のお話も聞こえてくるかもしれない。

そのときにショックを受けないようにしたい。笑顔でおめでとうございますと言える取引先の人間でありたい。

私は新しいハンカチで汗を拭《ぬぐ》い、オフィスに戻る地下鉄に乗った。

お盆休みが明けても連日暑い。蒸し蒸しとする曇り空の中、出勤した私に思わぬ話が待っていた。

「私が、お見合いですか？」

小ミーティングルームに呼び出され、私は頓狂《とんきょう》な声をあげた。呼び出した錦戸部長は悩ましげにため息をついて答える。

「そうなんだ。社長に直接お話がいってね。社長曰《いわ》く、『取引先だからと気を遣う必要はない。大井くんの気持ちを優先してほしい』との話ではあるんだが」

「なつめ屋の社長が、うちの社長に……」

「そう、御子息で部長の夏目睦月さんとお見合いをしてみないかという……」

私と錦戸部長は顔を見合わせ、言葉をなくして固まった。

脳裏には夏目部長と夏目社長の顔が浮かんでいる。なお、前任だった錦戸部長は、夏目社長とも面識や打ち合わせの経験がある。

「大井の人柄と仕事熱心なところを、夏目社長が気に入ったそうで……。なあ、セクハラに感じたら悪いんだが、おまえとあちらの夏目部長って、中高一緒だったんだよな。元カノ元カレとか、そういう関係だったり……」

「しません!! 私と夏目睦月部長は、モブと主人公ですよ。彼は海邦学園の王子様って呼ばれていた人なんです。私なんか認識されていませんよ」

実際、学校が一緒だったという事実は打ち合わせの折りに話のタネにした覚えがある。当然ながら、夏目部長は私の存在すら知らなかった。

「そうか……。いや、社長とはそう何度も会っているわけじゃないだろうし、どうしてそんな話になったのかと不思議に思ったんだ」

確かに夏目社長とはあちらで顔を合わせたときにご挨拶をするくらい。私の仕事ぶりなど、報告された話だけでわかるはずもないと思うんだけれど。

「夏目部長は二十八歳だったか。そろそろ家庭を持たせたいと社長がお考えで、相手を探していたのかもしれないな。彼が、温厚だが堅物なのは俺も感じる。焦《じ》れた社長がお膳立てしたとか」

「でも、どうして私なんでしょう。もっと条件のいい女性がたくさんいると思うんですが」

「同じ学校出身とか、仕事上で顔見知りだとか、そういう理由もあるのかもしれないぞ。ほら、海邦学園は名門校だし、うちの会社だって業績好調な上場企業だ。相手に申し分ないってな」

そう言ってから、錦戸部長は目を伏せうーんと唸《うな》る。上司として仕事がらみのお見合いに私を駆り出すのを悩んでいるのだろう。確かにこんな話、時代錯誤《さくご》ではある。

だけど、私の心臓はこの話を聞いたときから早鐘をたたいていた。

私が、夏目部長とお見合い？　嘘《うそ》みたいだ。絶対に交わらない主人公クラスの憧れの人に、モブ女が相手役として躍り出るなんて。これは彼のストーリーのワンエピソードにすぎず、十中八九私は振られる役なのだろうけれど、それでもこんな機会は最初で最後に違いない。

私の想像を補填《ほてん》するように錦戸部長が言う。

「案外、他にも候補女性はたくさんいるのかもしれない。俺も同席してフォローするつもりだ。この先お互いの会社に不利益になるようなことにもならないだろう。もし大井がよければお見合いしてみるか？」

「はい。わかりました」

ほぼ反射で私は即答していた。

「え、あ？　いいのか？　一応言うが、業務命令じゃない。それは絶対だ」

即答がくるとは思っていなかった様子の錦戸部長が目をむく。私はふるふると首を振った。

「あの……私もこういった機会でもないとお見合いなんて経験しないでしょうし……。人生経験のひとつとして、あと見せかけかもしれませんが親孝行の一環で行ってみようかと思います」

錦戸部長はしばし私を見つめ、それから納得したように頷《うなず》いた。

「親孝行か、なるほど。まあ、大井からしたらいきなり断りづらいというのもあるな。ありがとう、気を遣ってくれて。もし、お見合いの後に気まずくなったら、担当替えもするから」

どうやら私が上司や社長の顔を立てるためにお見合いを引き受けたと考えている様子。そう思ってくれているならそれでいい。

私の本心なんて誰も知らなくていい。

私は、一生に一度、憧れの人に女性として見てもらえる機会を得たのだ。

後輩としては存在すら知られなかった。ショッピングモールの担当者としても、仕事相手としか思われていない。

そんな彼に『お見合い相手』として会う。

私の中で革命が起きてしまうレベルのすごい事件だ。

「夏目部長とはお仕事で顔を合わせる仲ですし、もしお父様のご意向に逆らえず形だけお見合いをするつもりなら、私には本心を話してくれるかもしれません。他の女性なら失礼にあたる偽装お見合いも、私ならうまく流せますしね。後腐《あとくさ》れないお見合い相手として選んだのかもしれませんよ」

「なるほどな。夏目部長、考えたなぁ。もし、大井の予測通りなら、ふたりで上手にお見合いを破談にすればいい。夏目部長には貸しひとつってことで」

「いいですね、それ。私の評価が上がりそうな借りの返し方をしてもらいます」

錦戸部長とそんなふうに盛り上がりつつ、一方で私の心は弾んでいた。断られるのが目に見えるお見合いでも、彼の相手になれるのは嬉《うれ》しい。私はまだ、高校生の憧れを心に住まわせているのだな。そう感じた。


両親にはその日中に、お見合いの話をした。彼氏いない歴＝《イコール》年齢の娘が突如、老舗呉服商の若旦那との縁談を持ってきたのだから、両親の浮かれ騒ぎようときたらなかった。

なお、我が家は両親ともに教師という公務員家庭でド中流なのだけれど、母方の実家が地方の資産家であるため母は少々お嬢さん気質だった。名門の私立学校に私を入れたがったのも母である。

母の考えで、お相手の家に失礼にならないように、と成人式で着た振袖よりも豪華な鶴紋の振袖を実家から借りてきた。『お着物の専門家が見ても満足いただける立派な品よ』と威張られたときはさすがに閉口した。

そうして、お見合いの日はやってきた。九月の最初の日曜日である。

正直に言えば、お見合い会場のホテルに来るまで、私はどこか夢の中にいるような心地だった。本当に夏目部長は来るのかしら。やっぱり何かの間違いじゃないかしら。そんなふうに考えてしまうくらい、私にとって彼は雲の上の人である。

お見合いをするなんて、当日になっても信じられない。着物を着せられ、髪を結い上げられ、ばっちりとメイクを施《ほどこ》されてもまだ現実感がない。

しかしお見合いの席に到着し、そこにいる彼と夏目社長を見て私は息を呑《の》んだ。夢じゃなかったと思わず口をついて出そうになった。床の間には水墨画、ふすまに大きな松が描かれた部屋は、十二畳はある和室で私たち六人には広すぎるほどだった。

「茜さん、お父様、お母様、今日はありがとうございます」

仲介人役の錦戸部長が笑顔で私たちに声をかける。錦戸部長、お休みの日にありがとうございます。錦戸部長は責任を感じてここに来てくれているのでしょうけれど、
私は今純粋にドキドキしています。

「やあやあ、茜さん。こうして見るとやはり美しい。それにお召《めし》の振袖、なかなかの御品ですなあ」

夏目社長の明るい声に、母が甲高《かんだか》い声をあげた。お見合いへの張り切り方が娘以上であるのが、その声からよくわかる。

「古いものでお恥ずかしいんですけれど、私の実家のもので。明治期から大事に着られている振袖なんですのよ」

「ははあ、茜さんのお母さんのご実家が着物を大事にしてくれる家だとは嬉しいですな。これは縁を感じますよ」

私と夏目部長そっちのけで皆明るい声をあげている。私はそうっと夏目部長の顔を見た。

ばちんと音がするくらい彼と視線がかち合った。

ぎょっとして視線をそらしてしまう。ああ、変な態度になってしまった。頬が赤くなっていないだろうか。

あらためてそろりと視線を送ると、夏目部長は気まずそうに視線をそらし庭園を眺めていた。

これはやはり、『お見合いに乗り気じゃない説』が有力だ。

それなら、せめて好印象でお互い嫌な思い出にならないように振る舞おう。私は笑顔を作り、にこやかに過ごそうと努めた。

「茜さんが我が社の担当になってくれてから、業績がいっそうよくなりましてね。錦戸くんの後釜があまりに若いからと最初は心配していたんですが、彼より気が利いていいですよ」

夏目社長が言い切り、錦戸部長がおどけて「そんな、夏目社長～」などと笑いを取る。両親は手放しで私が褒められているのを、「いえいえ」なんて謙遜《けんそん》しつつ満面の笑みで聞いている。

「仕事熱心で気立てもいいとは、うちの担当の逆井という社員から聞いていたんですが、私も挨拶などをしてくれるときに可愛らしいお嬢さんだなあと思っていました。こう言っちゃなんですが、うちの息子の嫁にきてくれたらいいなあとね。うちの睦月は、仕事仕事でなかなか結婚について考えてくれず困っていたんですが、茜さんだったらいいと言うもので」

「父さん、そのくらいで」

夏目部長が静かに制する。その涼しい面から、彼が社長のリップサービスに困っているのがなんとなく伝わってきた。

普段から穏やかで優しげな人だけに、冷たくも見える表情は少々寂しい。やはり、彼は父親に言われて仕方なくこのお見合いに来ているのだろう。

「あらあ、そうなんですか。うちの茜もお仕事ばかりで。もう少し若者らしく華やかに過ごせばいいのにと夫と話していたんですよ。このお話は本当にありがたいことです」

「睦月くんのように素敵な男性と茜が巡り会える機会は、もうないでしょうなあ」

母が笑顔で答え、父も頷く。そして、私たちの席の斜め向かいにいる錦戸部長が言い添える。

「茜さんは我がコンテンツ部の若手エースです。私からも何件も得意先を任せましたが、優秀な部下ですよ。同期の中でも頭抜《ずぬ》けています。仕事を頑張ってくれるのは嬉しいんですが、女性としての幸せも優先してほしいと上司として考えていました」

錦戸部長に気を遣わせて申し訳ない。このお見合いは駄目になるだろうけれど、こうして褒めてもらえ両親にとって〝親孝行〟になった。

すると、夏目社長が私と夏目部長を見比べる。

「いやあ、こうして見ると本当にお似合いだ。ゆくゆくはなつめ屋をふたりで盛り立ててほしいなあ」

「夏目社長、そうなると、弊社はエースを失って困ってしまいますよ」

錦戸部長の言葉に夏目社長と私の両親が笑った。

周囲が勝手に話を進める中、彼は伏し目がちにうつむき、静かにお茶をすすってい
た。嫌そうではないし、あからさまに気乗りがしない様子も見せない。だけど、早く
終われと思っているのだろうなと感じる。
（夏目部長が心惹《ひ》かれる女性になりたかったな）
例えばこういった場で、彼が目を離せないくらい、私が美人ならよかった。スタイ
ルがよければよかった。知性あふれる会話ができればよかった。
だけど、高校時代はもちろん、この三年で彼は私をそうした対象として見ていない。
最初から決まっている破談お見合い。わかっていたけれど、虚しさが胸を占める。
「さて、そろそろふたりで話す時間も設けなければなりませんね」
錦戸部長の音頭で、私と夏目部長はお見合いの座敷から庭園に追い出された。
有名ホテルの日本庭園は広大な面積があり、滝のある池をメインに枯山水や茶室な
どもある。お見合いで使われることもさぞ多いだろう庭園を、私は夏目部長と並んで
歩いた。鳥の声が聞こえるけれど、枝の間にその姿は見えない。私は見るでもなく
木々を見つめ、言葉を探した。
さっさと切り出して、このお見合いを終わりにしよう。そう考えるものの、ふたり
きりになった途端緊張して言葉が出ない私は、ただ黙って夏目部長の隣を歩いた。厳

しい日差しを避けるように夏目部長は木陰を選んで進んでくれた。

「こうして大井さんとふたりで話すのは初めてになりますね」

ようやく夏目部長が口を開いた。

「あ、ええと、実は初めてではないんです」

私はおずおずと答える。

「高校時代、一度だけ」

「ああ、……そういえば、きみも海邦学園でしたね。すみません、当時のことはあまり覚えていなくて。そんな機会があったんですか、俺たちに」

「昔の話ですから」

私は慌ててフォローし、心の中で思い出す。そうすると、ふわっと当時の嬉しい気持ちが蘇《よみがえ》ってきた。

「傘に入れてもらったことがありました。台風で、私の傘が壊れてしまったんです。夏目部長は近くを歩いていて、私に『駅まで入っていきなよ』って」

高校一年の秋、大雨と風でビニール傘が壊れた。ちょうど彼の目の前でその事件は起こり、見兼ねたのか傘に入れてくれた。学校から駅までの短い間だったけれど、激しい雨音の中ふたり並んで歩いたのは宝物のような記憶だ。

「あのときの……。校門を出てすぐ風で傘が壊れた下級生がいて、近くに友人もいない様子だったので傘に入れた……。あれが大井さんだったんですか」

彼は思い出すように言って、それから頭を下げた。

「やっぱり顔までは思い出せません。すみません」

「本当にお気になさらないでください。なにしろ夏目部長は当時生徒会長で、誰もが憧れる王子様でしたもの。直接関わりのない後輩を覚えていなくても当たり前です」

「『海邦学園の王子様』なんて恥ずかしいあだ名です。俺は皆にそう言われるほどの人間じゃなかったですよ。周りに持ち上げられて、その役をしているだけでした」

そう言う彼はどこか自嘲《じちょう》的だ。確かに今の夏目部長はあの頃とは雰囲気が違う。変わらず優しいと思うけれど、……あの頃の周囲への態度はサービス精神でもあったのかな。

「でも、私には……えっと私たち後輩には本当に格好いい憧れの人でしたよ」

さりげなく主語を大きくして自分の好意をごまかす。それから、私は彼を見上げた。背が低い私から見ると、百八十センチほどある夏目部長とはかなり距離があった。

「あの、今日は大変でしたね。お見合いは社長のご意向ですか？　夏目部長には不本意だったのではないかと心配していました」

「……いえ」

夏目部長の表情が曇る。低い声に、私はいっそう明るく返した。

「私のことは気になさらなくていいです。社長の手前、お見合いにお越しになったのでしょうが、遠慮なく断ってくださいね」

「結婚は……」

夏目部長がますます低い声で言った。

「結婚はしたいと思っています。……きみと」

私はしばし黙った。

今、なんて言ったのだろう。結婚をしたい？　誰と？　……きみって私!?

「うへあ!?」

喉の奥から変な声が出た。言葉の意味を正確に理解しようと、慌てて彼の顔を凝視する。

「あの、夏目部長……今の……」

夏目部長は一瞬狼狽《ろうばい》したように視線を揺らし、すうと深呼吸をする。それから、淡々と説明し始めた。

「年齢的に結婚を急かされているのは本当です。でも、詳しく知らない女性と家柄だけで結びつくのは本意ではなくて、今まで見合いの話はすべて写真すら見ずに断ってきました」

それはいつも打ち合わせで見る夏目部長の姿で、困惑顔の私の方が変に見える。

「先日、大井さんはどうかと父に言われました。社内の人間の推薦があったようです。きみは聡明《そうめい》で、もう何年も仕事上で関わっている人なので安心だと思いました」

「で、でも、それで結婚というのは……、さすがに戸惑いませんか？」

そもそも彼は端整な顔立ちでスタイルもいい魅力的な人だ。三十を前にした今は男盛りというほど色香と精悍《せいかん》さを感じる。私と結婚する理由が見つからない。

「あの、もしかして他に恋人がいらっしゃるとか。社長に認められないお相手で、私はカモフラージュ相手だったりしますか？」

口にしてさすがに失礼な質問をしたと思った。やはり夏目部長はむっとした顔で答える。

「きみの目には、高校時代のイメージでチャラチャラした男に映るかもしれません。しかし、ここ数年は仕事ばかりで恋愛の余裕などありませんでした」

「それは、あの……すみません。失礼な話をしました」

「大井さんは俺との結婚は考えられませんか？」

あべこべに聞き返された。

「先ほどのご両親の話を聞いていて、きみも俺と同じく家族に結婚を勧められていたのだと確信しました。お互いの家族を黙らせ、それぞれ仕事に集中できるなら、俺たちの結婚は互いのためにはなりませんか？」

私の両親の雰囲気を見て、結婚に乗り気なのはわかるだろう。確かにそうだ。ひとり娘の私が結婚すれば、両親は仕事について渋い顔をしなくなるかもしれない。

「結婚に必要なのは、愛情の前に信頼だと思っています」

夏目部長は言った。

「三年間、仕事をともにしてきて、個人ではなくビジネス上のきみについては知っているつもりです。きみは信頼ができる」

彼はきっと、社長に結婚についてあれこれ言われるのに辟易《へきえき》しているのだろう。だから、パートナーシップを結べる相手を探している。

それに選んでもらえた私って、ものすごくラッキーなのかもしれない。

私の恋は十一年も前に終わっている。胸に残るのは憧れ、ときめきの残滓《ざんし》。だけど、今もなお夏目睦月という男性を魅力的に見ている。相棒認定してもらえたら、すごくすごく嬉しい。

「あの、私、仕事が好きなんです。夏目部長が言う通り、家族に何も言われず仕事に集中できるようになるなら、結婚も悪くないと思っています」

「お互いに利害は一致しそうですね。……ひとつだけ、いずれは妊娠と出産を検討してもらいたいと思っています。もちろん授かりものですから、絶対ではありません。チャレンジだけお願いしたいと思っています。駄目なら、親戚筋から養子をもらってもいい」

「わかりました。弊社は産休育休をしっかり取れて、時短勤務も問題ありません。私も、子どもはいたら嬉しいので」

そう答えながら、形ばかりの夫婦でも一応子作りの機会は設けるのだなと頬が熱くなった。子作り……夏目部長とそういう関係にはなるのだ。

処女だって知ったら引かれるかしら。黙っておこう。

「有益な結婚、俺ときみの仲はそういう関係になる。どうでしょう」

そう言った夏目部長は、少し硬い表情で私を見つめていた。

彼からしたら一大決心だろう。面倒事をクリアするため、相棒を選び、家族にならなければならない。その相手に三年一緒に仕事をした私を選んだ。彼の信頼に応えたい。

「はい、夏目部長。私たち結婚しましょう」

「ありがとう。よろしくお願いします」

部長は私に向かって手を差し出す。私はその手に自分の手を重ねた。

初めて触れた彼の手は見た目より厚みがあって、力強かった。この手が私の夫の手。

頼れる人の手。

彼にとって、いい妻であろう。

こうして、私たちは結婚することになったのだ。

二　片想いの彼女と結婚することになったのだが

「睦月さん、おめでとうございます」

月曜に出社すると、デスクのところで部下の逆井さんが声をかけてきた。周囲を慮《おもんぱか》り、俺にだけ聞こえる声だ。

この三十代半ばの年上部下は、明るく気配りのできるいい人だ。

「逆井さん、耳が早いですね。ありがとうございます」

俺がかすかに頭を下げると、逆井さんはもとから細い目をもっと細め嬉しそうに答えた。

「昨晩、社長から直接お電話をいただきました。この件については、俺が仲人《なこうど》みたいなものですからね」

「いや、その通りです。恩に着ます」

「よかったですねえ。想い人の大井さんとご結婚が決まって」

ひそひそ声での祝福に俺は相好《そうごう》を崩した。すぐにしゃきっといつもの冷静な顔に戻るが、心の中は昨日からずっと浮かれている。

昨日の見合いで、俺は三年の片想いを実らせることに成功した。快挙だ。本当は今すぐ部署全員に大声で報告したい。……キャラじゃないし、まだ極秘なのでしないが。

「婚約や結婚は近いうちに発表するので、すみませんがそれまでは内密でお願いします」

「もちろんです。お任せください。あ、でも打ち合わせで大井さんがお見えのときは、先にお祝いさせてくださいね」

逆井さんは笑顔で答え、自分のデスクへ戻っていった。

俺もパソコンを起動させ、朝の仕度を整える。月曜の朝は営業部全体の朝礼をやる。仕事の話がメインだが、社内行事や福利厚生の話、そしてプライベートな報告もここでする。昨日の今日ですぐに発表はできないが、俺も近いうちに朝礼の場で結婚を報告することになるだろう。

大井茜さんと結婚の約束をした。まだ、信じられない。

大井さんと出会ったのは、今から三年ほど前。彼女が前任の部長から担当替えで、なつめ屋の担当になったときだった。

栗《くり》色の髪はミディアムボブで、同じ色の瞳は大きくキラキラしていた。二十四歳だというが、もっと若く女子高生や女子大生くらいに見えた。小柄で……こんな言い方はよくないが、胸が大きく、じっと見てしまわないように気をつけなければならなかった。

話してみるとハキハキとした口調も、聡明な受け答えも好印象。さらには笑顔が自然で、少女のように可愛らしかった。

仕事相手をそんなふうに観察していた自分に驚きつつ、彼女と前任の錦戸部長をエントランスまで見送った。

『それでは、次のお打ち合わせはまたあらためてご連絡をさしあげます』

頭を下げた彼女。顔を上げたとき、どこかで既視感《きしかん》に似た何かを感じた。

なんだろう、今の感覚は。俺は何も言えずに彼女の背中を見つめたのだった。

その既視感の正体がわかったのは、半年ほど経った打ち合わせのとき。

『夏目せんぱ……あ』

彼女が俺を『先輩』と呼びかけたのだ。慌てて『失礼しました。夏目部長』と言い直す大井さん。俺はふと興味があって尋ねた。

『もしかして、学生時代、どこかで一緒でしたか？』

俺は子どもの頃からどこの学校でも目立つ生徒だった。それは、周りから推されてなんとなく生徒会に入ったり、部活の部長を務めていたりしたせいだ。顔がそこそこいいのと、運動が人より少しできて、成績優秀……。目立ちたくなくとも目立っていた。

『あの、海邦学園のふたつ下でした』

大井さんが答えたけれど、俺には当時の彼女の記憶がまったくなかった。周囲に人が多かったので、クラスメートや同じ部活の人間、生徒会の人間くらいしか覚えていられなかった。そんなメンバーだって、今では顔もおぼろだ。

『そうだったんですか。海邦学園のOBとOGとはご縁ですね』

あのとき感じた既視感が腑《ふ》に落ちた。覚えていないけれど、俺は記憶の片隅に当時の彼女を刻んでいたのかもしれない。

その出来事をきっかけに俺は大井さんをいっそう気にして見るようになった。打ち合わせのたびに、彼女を盗み見てしまう。テナントの店舗で偶然会ったりすると嬉しいと感じるようになっていた。

社会人になってから恋人はいない。もっと言えば、あまり恋愛に興味がある方ではなかった。そんな俺が彼女には会いたいと思う。

一緒に打ち合わせをしている逆井さんには、早い段階でこの気持ちを気づかれていた。妻子のいる彼は、『睦月さんが誘えば、絶対に彼女は靡《なび》きます』と太鼓判を押してきた。

しかし、取引先の部長クラスの人間が食事になど誘えば、パワハラにもなりかねない。それに、俺自身女性にモテなかったわけではないが、自分から積極的に恋愛を仕掛けるような機会がなかった。考えてみたら自分から告白した経験すらない。つまりは誘い方がわからない。

恋愛初心者な俺は長い間、ひそかに大井さんを見つめる日々を送ってきた。

気にかかるのは、彼女もまた二十代後半という年頃であること。恋人などがいるのではないだろうか。案外、ある日突然左手の薬指にリングがはまっているなんて事件も起こりかねない。もしそうなったとき、きっと俺は死ぬほど後悔をするのだろうと思いつつ、行動に起こせないまま大井さんと会う数少ない時間を大事に過ごしていた。

今年に入り、両親が俺に結婚を急くような態度を見せ始めた。妹の葉月《はづき》が一昨年に結婚し、子が授からないのを焦っているせいもあるだろう。授かりものとはいえ、当事者の葉月が焦る気持ちは仕方ない。両親が焦るのはお門違いだし、葉月のためにもならないというのに。

見合いの話は何度となくあったが、俺は『見ず知らずの女性と結婚できる気がしない』と断り続けてきた。

そこで父は、俺の直属の部下である逆井さんに聞いた。『睦月が気に入るような女性が、社内や取引先にいるだろうか』と。逆井さんは答えた。

『ウエストアイルの担当者、大井茜さんはどうでしょう。睦月さんとは海邦学園時代の先輩後輩だそうで、お打ち合わせのたび、打ち解けてお話しされていますよ』

この報告を受け、父は急ピッチで大井さんの学歴や家庭環境を調べたようだ。そして、夏目家に見合うと判断するや、嫁候補として俺に大井さんの名をあげてきた。

『顔見知りがいいというのなら、彼女はどうだ』

俺の顔をまじまじと見つめ、脈があるかどうかを窺うような様子だった。

『仕事ができる人ですよ。クリエイティブですし、話していて飽きないタイプです』

『仕事はどうでもいいんだ。そのうち、なつめ屋のおかみさんになってもらうんだから。でもまあ、何もできない女というのも面白くなかろう。おまえの仕事に対し理解も深まる。彼女でいいなら、私は西ノ島の社長に話を通すぞ』

俺がわずかでも可能性をちらつかせたら、父はあっという間に飛びつき、見合いの段取りを組んでしまった。

しめたと思うより、正直に言えば緊張した。

今まで仕事相手として会っていた人間が、いきなり見合いを申し込んできたのだ。

彼女はなんと思っているだろう。

『ずっと私をそんな目で見ていたの？　気持ち悪い！』

こう思われるのは避けたい。できれば好かれたいが、まずは結婚してもいい相手であると印象づけよう。

彼女の俺に対する印象は中学高校時代のものだろう。『海邦学園の王子様』という今言われたら寒気がしそうなふたつ名を持つ俺だが、彼女の一番大きなイメージはそれ。王子様といっても、所謂《いわゆる》、周囲に人の絶えないチャラチャラした陽キャの類に思われているだろう。ここ三年近くの『仕事熱心な夏目部長』という評価であれば、多少はメリットを感じてもらえるかもしれない。

見合いはあくまで父親の希望。だけど、俺としては結婚も吝《やぶさ》かではなく、きみが相手なら喜ばしい。このくらいのスタンスでいくのはどうだろう。

恋愛感情を丸出しにして、鼻息荒く迫ってはいけない。

お互いパートナーを得て、より仕事に邁進《まいしん》できる、という点もアピールしておこう。

俺の知る限り、大井さんは楽しそうに仕事をしている。担当企業はうちだけじゃないのに、足しげく通ってくれるしフェアや宣伝も非常に協力的だ。他社にも同じようにやっているのなら、やはり仕事に生き甲斐《がい》を持っている女性なのだろう。

パートナーがいれば経済的にも安定し、家族も安心、老後の備えにもなる。

結果、俺は見合いの席で彼女に結婚を了承してもらえた。彼女もまた、ちょうど家族に結婚を急かされていた時分だそうで、ちょうどいい相手だったに違いない。俺はなんとも絶妙なタイミングで恋を成就させてしまったのだった。

火曜日になり、新店舗の打ち合わせで大井さんがなつめ屋本社にやってきた。

会うのは一昨日ぶりで、結婚話が出てからは初だ。いや、もっと言うなら結婚が決まったふたりとして会うのも初だ。

緊張しながら打ち合わせブースに赴《おもむ》くと、彼女が立ち上がった。俺を見て、心なしか頬が赤くなったような気がする。自意識過剰だろうか。

「大井さん、このたびはおめでとうございます」

会うなり逆井さんが頭を下げた。慌てた様子で彼女も頭を下げる。

「あ、ありがとうございます」

彼女がちらりと俺を見た。その上目遣いの視線には、今までなかった雰囲気がある。言うなれば事情を知り合う人間同士の目配せといった空気感だ。

俺は鼓動が速くなるのを感じつつ努めて冷静に言った。

「その件は置いておいて、まずは打ち合わせをしましょう」

社内の人間はまだ俺の結婚を知らないし、何より浮かれた様子を彼女に見られたくない。俺はいつも通り平静を装った。

帰り際、気を利かせたのか逆井さんが先にオフィスに戻り、俺と彼女はエントランスの隅でふたりきりになった。端《はた》から見れば、仕事相手同士にしか見えないだろう。

「先日はありがとうございました」

「いえ、こちらこそ」

こんなやり取りも見合いを経て結婚が決まった男女らしくない。それでも俺は嬉しかったし、興奮した様子を見せないように必死だった。

「今後の件で、色々と決めたいのですが、今夜あたり食事も兼ねていかがですか？」

さりげなく誘うと、彼女はこくこくとせわしく頷いた。

「はい、今夜ですね。大丈夫です。定時の十八時には上がれるように調整します」

「俺はもう少しかかるかもしれません。十九時くらいはどうでしょうか。お店など決めたらメッセージアプリに送っておきます」

「お願いします」

心なしか彼女が嬉しそうにしている気がする。仕事においてもいつも前向きな彼女だ。きっと、俺と結婚を決めた件に関しても意欲的に新生活の準備をしてくれるだろう。

彼女と別れ、俺はオフィスに戻る。間もなく昼休みになるが、この休憩を使って夜の店を決めよう。なにしろ、これが初デートになるのだから。

物心ついたときからモテてきた。

男女問わず周囲には人が集まってきたし、そのうちの何割かは俺を恋愛対象として見ていた。

俺自身は淡泊な性格もあり、俺をもてはやす人たちに感謝と友情は示しながらも一線を引いてきた。俺の顔が少し整っているのと、運動神経がいいのは持って生まれたものだから、親や祖父母に感謝するだけ。成績がいいのは、悪いが人より勉強に時間を割いてきたから。

それだけで評価されている。俺自身を見ている人がどれだけいるかはわからない。

穏やかに争わず、全員を味方に。そんな気持ちで生きてきた。

社会に出て、そういった自分に課してきた制約がほどけてきた実感がある。愛想よく振る舞わなくても仕事で結果を出せば皆ついてきてくれた。社長の息子だからと甘く見られないように、必死に仕事をしてきたここ数年。

こんな今だからこそ、俺はやっとひとりの人間として恋愛ができるのかもしれない。

彼女は昔の俺を知っている。だけど、できれば今の俺に興味を持ってもらいたい。

そして、好きになってもらえたら嬉しい。

「お待たせしました、大井さん」

待ち合わせはホテルのロビーにした。先日の見合いに使った場所ではないが、今日の食事はこのホテルの料亭を予定している。なつめ屋とは縁が深く、急な予約でも融通してくれる店だ。

「夏目部長、お仕事は大丈夫ですか。急がせてしまったのではないですか？」

大井さんは立ち上がり、歩み寄ってきた俺を見上げる。間近で見る大井さんはやはり可愛い。くりくりした目が俺しか映していないのに感動するし、一生懸命俺の様子を窺う小動物的な雰囲気もたまらない。こんな可愛い人が俺の妻になるなんて、生きていてよかった。

「問題ありません。予約の時間になります。行きましょう」

「はい」

連れだって二階の料亭へ向かう。案内された個室は、急だったので広くはないが、その分彼女と距離が近いようで胸が高鳴る。

「夏目部長、ジャケットをこちらにかけておきましょうか」

「ああ、ありがとうございます……、大井さん」

俺は彼女から預かったハンガーにスーツの上着を引っかけながら言った。

「結婚も決まったことですし、もう少しくだけた口調にしませんか。呼び方や、敬語を」

「あ、ああ！　そうですね！」

「俺は……茜さんと呼ぼうかと思います」

俺の決意に満ちた重々しい言葉に、彼女はぶんぶんと激しく首を横に振った。

「そんなそんな、私なんか呼び捨てで！　ね？　お願いします。私は睦月さんと呼びます」

「こっちも呼び捨てでいいです」

「私が呼びたいんです。その……旦那様をさん付けで」

旦那様というワードに俺は頬が熱くなりそうになる。見れば、そう言った彼女自身も照れ臭そうに頬を赤くしていた。

「なんか、初歩の初歩の挨拶ですが、これからよろしくお願いします」

彼女が赤い頬のままペコリとお辞儀をした。そんな仕草ひとつも好きだと唸りたくなるのをぐっとこらえ、俺も頭を下げる。

「ええ……茜、そのよろしく」

呼び捨てに敬語も省いてみた。彼女はより赤い顔をし笑った。

「えっと、睦月さん。まずはごはんを食べま……食べよう」

言い直してくれる彼女の律儀さに身もだえしそうになる。ああ、可愛い。初デートから早速彼女のすべてが可愛い。

俺たちの前には事前に予約しておいた懐石《かいせき》が運ばれてくる。最初のデートで堅苦しいかとも思ったが、しっかりしているに越したことはないだろう。

前菜の小鉢に彼女が顔をほころばせたので、味も気に入ってくれたようだ。

「結納《ゆいのう》は来月の頭で、結婚式は再来月の十一月。これはもううちの親が式場を押さえたいと決めてしまった。問題ないかな」

「ええ、それはうちの両親も、この前了承していたから」

お見合いのその日に結婚を決めたため、双方の家族は喜び、膝をつき合わせた状態で、結納と式の日取りの話し合いになったのだった。

俺たちは置いてきぼりだが、家と家の結びつきである以上、ここは文句を言わなくてもいい。俺としては、彼女を……茜を妻にできれば問題は何もない。

「入籍や同居については、俺に一任されているんだが、きみと決めようと思っていたんだ」

「入籍は結納の後になるから、来月かしら。同居は……どうする？」

「まず、住む家を探さなければならないね。俺は実家だし、きみもそうだろうけれど、ふたりとも職場に行きやすい立地で探そうか。最初は賃貸でもいいし」

「ええ、私もそれで。睦月さんはインテリアにこだわりはありますか？」

茜は、あ、と手で口元を押さえ、「こだわりはある？」と言い直した。まだ慣れなくて当然だ。ほんの少し前まで、仕事相手でしかなかったのだから。

「特別なこだわりはないよ。きみは」

「私も、シンプルな方がいいかなってくらい」

不動産を見に行く日、インテリアなどを見に行く日を食事をしながら決めた。結納が終わった後なるべく早く同居を開始しようと決めたのは、結婚式まで間がないので確認事項などをスムーズにしたかったから。一緒に住んでいれば、やり取りの手間がない。

もちろんこれは建前《たてまえ》の理由で、俺が早く彼女と暮らしたかったからだ。三年焦がれた相手と、早く同居したいのは当然の欲求というものだろう。

「こうして話すと、仕事のときのようにスムーズに話が進むね」

「決めることや相談することが、普段の仕事と似ているからかしら」

俺は『きみだから話しやすい』と言いたいのだけれど、うまく伝わっていない気がする。もちろん、最初から好意をだだ漏れにしないよう苦心してはいるのだが、もう少し好意を感じてもらいたいものだ。俺はなるべく優しく微笑んだ。

「高校時代、きみを傘に入れたときに、もっと親しくなっておけばよかった」

「え!?」

茜が大きな声をあげた。それから、自身の声を恥じたのか、うつむくように手にしていた湯飲みを口元に持っていく。

「もう、上手だなあ、睦月さん」

「きみとこれほど話が弾むなら、もっと早く親しくなりたかったたっていう意味だよ」

言いながら、失敗したような気がしてくる。なんだか、すごく女たらしの軽薄な雰囲気が出てしまっていないか？

「それに、今のきみは綺麗だけれど、女子高生だったきみを覚えていないのは残念だなって……。せっかくこうして夫婦になるんだし……」

言葉を重ねれば重ねるほど言い訳がましくなり、修正が利かなくなっていく。困った。俺は本気で彼女に片想いをしていたというのに、これでは女好きのチャラ男の口説き文句だ。気持ち悪く思われていたらどうしよう。

「やっぱり睦月さんはあの頃と変わらず、優しい王子様だね。そうやって、私をいい気分にさせようとするんだから」

「本当に本心だよ」

嫌がられてはいないようだが、彼女の中で、俺はまだ高校時代の人気者のままなのかもしれない。そうじゃない。夫として、ただひとりの男として、素の俺で彼女に愛されたいのだ。

少しずつ、彼女に真摯《しんし》な好意を伝えていこう。

彼女は今の俺に興味を持ってくれるだろうか。そのうち好意を感じてくれるようになるだろうか。

やはり好意の見せ方は慎重になろう。俺ばかりががっついていては、彼女に好かれる余地がなくなってしまう。

「きみと円満な家庭を築きたいと思っているよ」

「嬉しい。いい奥さんになれるように頑張ります」

茜は照れたように微笑んでいた。


翌週にはふたりで不動産を見に行き、江東《こうとう》区の東陽《とうよう》にある十二階建てマンションの十階に部屋を決めた。築浅で駅から近く、セキュリティもしっかりした部屋だ。俺は電車で十分ほど、彼女は二十分ほどの通勤時間になるが、オフィスにあまり近すぎても家族の干渉がありそうなのでこの距離にした。

彼女の実家は文京《ぶんきょう》区の方なので、実家からは少し離れるが問題ないそうだ。

インテリアは都内のショールームをいくつか回って決めた。呉服屋の我が家は和風建築でインテリアもほぼ統一されている。だからこそ、茜とはシンプルモダンな家具を選んだ。

キッチン用品などはハイセンスなものより、いつも使っている機能的なものがいいと、彼女がホームセンターで買いそろえていた。こういうところはしっかり者で、能動的で助かる。

意見は聞くけれど、自分の意見も持った上で尋ねてくるので、話し合いの態勢が取りやすい。俺にこだわりがなくても『真剣に考えて』などとせっつかないで『じゃあ、私はこうしますので、協力してください』と口に出せる女性だ。

彼女のこの姿勢は同居準備と並行して行っている結婚式準備でも発揮されている。

やはり俺は、とても素敵な人を妻に選んだようだ。

なんでもちゃきちゃきとこなし、あくまで周囲を尊重しつつ、自分の意見を口にする。有能な仕事ぶりが、私生活でも出ている。これはちょっと面倒な俺の親や妹ともうまく渡っていけるのではなかろうか。

それでいて茜は、いつも自然体なのだ。笑顔は可愛いし、声も可愛い。ふたりで出かけるとき、ジーンズにだぼっとしたTシャツなどというラフな格好をしてこられると、距離が縮んでいる実感に嬉しくなる。

そんなときはふたりで、服装を気にしなくていいラーメン屋やファストフード店で食事をするのだ。ラーメンをずるずるすすって、額に汗をかく茜はとても愛らしい。仕事のときには見られなかった顔で、学生みたいなデートは楽しく、俺はいっそう茜に惹かれていった。

結納までのひと月は俺と彼女の親交を深めるかけがえのない時間になった。

俺は幸福を覚えながら考えていた。

(いつ誘えばいいんだ)

そう、いつベッドに誘えばいいのだろう。茜とは結婚する。いずれ妊娠出産も頼みたいと伝えてある。

つまりはそうした仲になってもなんの問題もないのだ。

茜とて二十七歳、きっと数人は経験人数があるはずだ。俺が誘っても、夫婦になるのだから当然と受け入れてくれるだろう。

しかし今、よき相棒としてツーカーの仲ともいえる俺と茜の間に、いきなり性愛を持ち込むのは、一瞬悩んでしまう。茜に変な顔をされたらどうしよう。

いきなり好意を見せて引かれるのは絶対に避けたいが、身体目当てと思われるのはもっと駄目だ。関係性が壊れてしまう。自然に誘えるいい機会はないだろうか。

悩んでいるうちに、とうとう結納の前日になってしまった。

「ここが最初の山場ね」

前夜、俺たちは東京駅近くのレストランで食事をしていた。

「明日が結納。明後日から同居、その晩に入籍だね」

「家具や家電は先週末に入れてもらったから、明後日は私たちの荷物だけ。それでも大変だよ、引っ越しって」

「お互い、実家暮らしだったから引っ越しも初めてなんだよな。時期じゃないスーツなんかはしばらく実家に置いておくよ」

「ふふ、私も。自分の部屋、まだとっておいてもらうんだ」

俺は窓からの東京駅を眺める。夜の東京駅はライトアップされていて綺麗だ。周辺も、あとひと月もすればイルミネーションが飾られるようになるのだろう。

その頃にまた茜と来よう。夫婦としてデートしよう。

「明日の結納はお互いの両親に盛り上がらせておこうか。食事会の側面が強いしな」

「睦月さんの妹さん夫妻もお越しなんでしょう。会うのが楽しみだなあ」

俺は苦笑いを噛《か》み殺した。妹の葉月は少々クセがある女なのだ。俺を好いてはいるが、テリトリー意識が強く、あまり他人を寄せ付けない。性格も口調もきつい。

一昨年お見合いで結婚したが、夫と仲睦まじそうにしている様子は見たことがない。あいつのきつい性格もあって、うまくいっていないのかもしれない。

「睦月さん？」

茜に顔を覗《のぞ》き込まれ、俺は首を振った。

「ああ、ごめん。妹の葉月は、ずけずけ物を言うから不快にさせないか心配でさ。ちょっとでも失礼な態度を取ったら言ってほしい」

「そうなんだ。私、図太いからあまり気にしないかも。でも、気にかけてくれてありがとう」

結納さえ終われば、ふたりで暮らせる。外で会って、デートをして、それぞれの家に帰るのも恋人同士らしくていいが、一緒に住めるのが一番嬉しい。それに、ずっと保留にしてきた関係の進展にも着手できる。

明日のこともあり、その晩は食事をとったらすぐに別れた。


翌日が結納。略式で行うので、俺はダークスーツ、茜は母親が先日とは違う振袖を用意したというのでそれを着るそうだ。

「兄さんが急に結婚するって聞いて驚いちゃったけど、お相手は？」

ロビーにやってきた葉月が会うなり口にした。結納だというのに、自分が主役と見まごうばかりの派手な赤いハイブランドのワンピースを着ている。母親あたりが釘《くぎ》を刺しておいてくれればいいものを、昔から両親は俺の三つ下の妹に甘いのだ。

後ろからは彼女の夫の與澤実《おきざわみのる》がついてくる。與澤建設の次男で、葉月と同い年の二十六歳で役職付きなのだが、いつもどこかぼうっとして見え、何を考えているかわからない男だ。

「映見利《えみり》さんより美人？」

葉月が無神経に大きな声であげたのは俺の元カノの名前だ。もう大学時代に別れているというのに。

「ずいぶん昔に別れた女性の名前を出さないでくれ」

俺の厳しい声に、母が同調した。

「そうよ。せっかく睦月がその気になるお嬢さんが見つかったんだから。そろそろ、あちらのご家族もお見えよ」

母の言う通り、大井一家がやってくる。茜の着付けがあるのでもっと早く会場のホテルにはついていたはずだ。今のやり取りを聞かれないでよかった。

「やあ、今日はまたいっそう綺麗だね。茜さん」

父が大きな声で茜を褒める。俺が先に褒めたかったのに、という気持ちはぐっと抑え、俺は彼女に歩み寄る。

御所車《ごしょぐるま》の柄で桃色の振袖は先日のものとまた違って、茜によく似合っている。

「茜は桃色も似合うね。肌が白いからかな」

挨拶をし合う両親たちに聞こえないようにささやくと、茜が頬を染めた。

「睦月さんも、今日は雰囲気が違う。大人っぽいし、格好いい」

髪の分け目を変えてサイドに撫《な》でつけただけだが、彼女が格好いいと思ってくれているなら万事ＯＫだ。

すると、俺たちの横に葉月が来ていた。妹はなんの遠慮もなくじろじろと茜を見つめる。それから、俺に向かって言った。

「兄さん、またずいぶん違うタイプを選んだわね。元カノの映見利さんはスレンダーで背が高くてクールな雰囲気だったじゃない」

「おま……」

制止しようとした俺を遮《さえぎ》って、葉月は茜に向かい直る。

「はじめまして。妹の葉月です。茜さん？　ごめんなさいね、あんまり兄の好みと違ったから、驚いちゃって。兄の元カノって元モデルで、今はシリコンバレーで実業家をしてるんですよ～」

結納で顔を合わせた義姉になる人に、いきなり兄の元カノ情報を話すだろうか。しかも、兄の好みは元カノだなんて、何も知らないくせに言い切って。さすがにこの悪意満載の言葉を許すわけにはいかない。

「葉月、おまえは何をしに来た。俺の妻になる人に失礼な態度を取るな。これ以上場の空気を乱すつもりなら、もういいから帰れ」

「え～？　こんなことで怒っちゃったり、傷ついちゃったりするの？　兄さんの奥様って」

葉月はにやにやと笑って、茜を見た。

「ごめんなさい。ほんの冗談のつもりだったの。ほら、親たちは何も聞こえていないわ。穏便に結納を済ませたらいいじゃないの」

葉月はあははと笑いながら夫の方へ戻っていく。俺はすぐさま茜に向き直った。

「妹がすまなかった。元カノだなんて、十年近く前の話なんだ。あいつは昔から場を引っ掻き回すのが好きでね。自分が中心でいなければ我慢ならないというか」

「気にしないで。私は兄弟がいないけれど、自分の兄弟が結婚するって寂しいものかもしれない。きっとお兄さんを取られたくないって気持ちで意地悪を言ってしまったのよ」

茜のおおらかなフォローに、俺は救われる気持ちだった。

幸いにも、これ以上大きな騒ぎが起こることもなく、結納は終わったのだった。

翌日は早速引っ越しだった。ふたりでそれぞれ家を出て、業者に荷物を運びこんでもらった。新居で顔を合わせ、今日からよろしくと挨拶をした。それから各自、黙々と荷ほどきをする。

寝室は一緒だけれど、ベッドは別々。あとは共用できる書斎を一部屋。リモートワークがあるときは、この書斎とリビングに分かれても仕事ができる。

「睦月さん、そろそろ」

夕刻になって、茜が声をかけてきた。

「ああ、そうだな」

俺はカバンを手に立ち上がる。荷ほどきはまだすべて済んでいないけれど、今日は大事な用事がある。

連れだってやってきたのは江東区役所。今日のメインは引っ越しじゃない。住所変更届と婚姻届の提出である。

「はい、確かに承りました。おめでとうございます」

受付の職員に言われ、俺と茜は頭を下げた。なんとなく恥ずかしくて区役所の外に出るまで、ふたりともギクシャク歩いてしまった。

「これで私たち、夫婦だね。夏目茜……、ふふふ」

茜がはにかんだ様子で言う。結婚を嬉しいと思ってくれているようで、こちらも嬉しい。

「茜は住所だけじゃなくて、他に氏名変更などもあって、手間をかけるね」

免許証やマイナンバーカード、銀行口座まで苗字が変われば手続きがいる。俺も住所変更はしなければならないが、姓が変わる彼女の方が煩雑《はんざつ》だろう。

「私は睦月さんと同じ姓になれて嬉しいかな。さ、お祝いの食事に行くんでしょう」

「ああ、近くにちょっとしゃれた店を見つけてある」

予約しておいた個人経営のイタリアンは味も雰囲気もいい店だった。結婚とは言わなかったが、祝いだと伝えておいたため、ドルチェプレートには花が添えられ、メインに負けず劣らずボリュームがあった。

メインを残さず食べ、ドルチェプレートもシェアした分はしっかり食べる茜を見ていると、健やかさにうっとりしてしまう。一緒に食事に出かけるようになり、彼女の元気いっぱいの食欲と食べるときの品のいい振る舞いは、いつも俺の心に残った。

いい奥さんをもらったな、としみじみしている場合ではない。

今夜は勝負である。同居初日、つまりは初夜なのだから。

ワインはふたりでグラス一杯ずつにした。それは、彼女をベッドに誘うため。どちらかが酔いつぶれて眠ってしまっては初夜は果たせない。ここで失敗すればなあなあになって、レス夫婦になってしまう可能性だってあるのだ。

ひそかに気合を入れつつ、食事を終えて新居に戻った。

「今夜寝て、明日出勤できるくらいには荷物も片付いたね」

「各自の荷物は追々片付けていこう」

「明日の朝ごはんの食材はありま～す」

茜がお米の袋と梅干や真空パックされた干物を見せる。どうやら実家から持たされたようだ。

「食材まで考えが及んでいなかった。ありがとう」

「朝は和食派なんだ。睦月さんにも付き合ってもらっていいかな？」

「うちも和食だったから、助かるよ」

ふたりで顔を見合わせ、笑う。

いつ、言う？　いつならいい？

「茜」

食材を棚や冷蔵庫にしまう彼女の背に声をかけた。心臓が大きな音で鳴っているのを感じた。

「はい、なあに？　睦月さん」

「入籍したわけなんだけど、しばらくはお互い仕事中心の生活になると思う。なるべく気遣いを忘れずに、居心地よい生活にするよ」

「ええ、私も気をつけます。ひとりっ子のせいかのんびりしているって言われてしまうの。仕事のときはてきぱきするように気をつけているんだけど」

「そこでなんだが」

言葉を切り、俺は息を呑んだ。何気なく聞こえるようにしないと。

「いずれはきみに夏目家の跡継ぎを産んでほしいと、見合いの席で言っただろう？」

茜の頬がぼわっと赤くなった。それからこくんと頷く。

「すぐじゃなくていい。きみのキャリア形成の予定もあると思う。ただ、本当に俺と身体の関係を持てるか試してくれないか？」

思い切って言った言葉に、茜がいっそう赤くなる。がっついたところを見せるな。冷静に、事務的に聞こえるよう、俺は静かに言う。

「きみは条件が合うから俺と結婚してくれたのだと思う。だけど、実際そういった行為をするのに抵抗があるなら、夫婦としていい関係とは言えないかもしれない。子作りのために抱き合うのではなく、相性を見るために俺と寝てみてくれないか」

「いいですよ！」

即答だった。茜は首まで真っ赤になっていたし、目元は潤んでいた。しかし、必死な様子で俺に言う。

「わた、私もそれは、大事だと、思います！　夫婦なんですから！　そういうことをするのは当然ですよ！」

勢いのある返事に、俺の方が気圧《けお》されてしまう。しかし、これは大チャンスだ。彼女が前向きに取り組む気があるなら、関係を持てる。

「それじゃあ、今夜」

「シャワー！　浴びてきます！」

まだ二十一時前なのだが、茜は大きな声で宣言をし、寝室に駆けていった。間もなく着替えなどを持ってバスルームに足早に消える小柄な背中。

俺はいまだばくばくとものすごい音をたてる心臓を押さえ、喉を鳴らした。

入れ替わりでシャワーを浴び、身支度を済ませて、俺のベッドの方に並んで腰掛けた。茜はチェック柄のパジャマを着ている。その素朴さがまたぐっとくる。

「茜」

声をかけただけでびくんと震えるのは緊張しているからだろう。もしかすると、しばらく異性とこういった行為をしていないのかもしれない。

肩に触れ、身体の角度を変えさせる。そっと顔を近づけ唇を重ねた。

「ん」

かすかな声が聞こえた。茜とキスをしている事実に俺は心臓がはちきれそうになっていた。ずっと片想いしていた女性だ。正直に言えば、キスもその先も想像ではしている。だけど、実際の感触に興奮が収まらない。

柔らかく食《は》み、角度を変え、何度も何度も口づける。舌を歯列の間に滑り込ませると、「むうっ」とうめき声が漏れた。上顎《うわあご》をくすぐり、歯列を舐《な》め、舌を絡める。

「んっ、んっ、ん〜！」

煽情的《せんじょうてき》な声をキスだけで聞かせてくれるなんて。いっそう興奮しながら、キスを深めていくが、すぐに彼女が呼吸できずに呻《うめ》いているのがわかった。

唇を離すと、ぷはっと息をする真っ赤な頬の茜。まるで子どもみたいな様子が初々しくて、俺の欲望の炎はゆらゆらと揺れた。

「茜、緊張してるの？　鼻で息して」

「や、睦月さ……ごめんなさ……」

「謝らなくていいよ。ほら、舌出してごらん」

茜はちょこんと舌先を出し、上目遣いにこちらを見てくる。舌先をちゅっと吸い上げ、キスをしながらシーツに押し倒した。

パジャマのボタンを外していくと、レースの下着に包まれた大きなバストが見えた。この下着を外すのが楽しみだけど、その前にかちこちに緊張している彼女を感じさせてやりたい。

全身を優しく撫で上げ、うなじや鎖骨に唇を落とした。いっこうに緊張が収まらない様子の茜に、俺の方が我慢できなくなる。下着をずらし、あふれたバストに顔を埋めると、彼女が「ひゃあん」と愛らしい声で啼《な》いた。

指を下腹部に伸ばしていき、下着をずらした。愛しい妻をリラックスさせようと、感じさせようと、愛撫《あいぶ》を繰り返した。困惑気味の声に甘い吐息が混じり、溶け合う瞬間が近づいたのが、俺も彼女もわかる。

「いっっっ！」

彼女が苦痛に顔を歪めた。今まさに繋《つな》がり合おうという瞬間だった。

「茜」

「むっ……き、さ……、一回、中止、……だめ」

快楽からの『駄目』ではない。これは本当に痛がっている。

「茜……、もしかして初めてなのか？」

おそるおそる尋ねると、茜が片手で顔を隠し、横を向いた。

「……処女じゃ、重たいかと思って……言えませんでした」

その苦痛と恥じらいの混じる声音、上気した頬と涙が光る目。

恋していた女性、やっと妻にできた女性……。それが誰も踏み荒らしたことのない新雪だったと誰が想像できるだろう。その柔らかな白い肌に触れるのは後にも先にも俺だけ。

理性がぶつっと音をたてて切れたのがわかった。

「大丈夫。力抜いて」

「いやっ、駄目。睦月さんっ！」

俺は止めるどころか、彼女の唇に深くキスをし、身体をいっきに沈み込ませた。悲鳴とも嬌声《きょうせい》ともつかない声をキスでふさぐ。

そのまま行為を続行し、俺は彼女の処女を奪ったのだった。

深夜、俺はまんじりともせず、ベッドに腰掛けていた。

ちらりと見る茜は寝息をたてている。身体を拭き、パジャマの上着だけは着せ、布団をかけた。わずかに上下する布団で、彼女が深い眠りについているのが見て取れる。

「茜……」

愛しい妻との初夜は一般的に見ればつつがなく終わったのだろう。しかし、俺は理性的であらねばならない場面で、なんの手加減もなく愛欲をぶつけてしまった。あろうことか処女の妻に対して。

暴走する気持ちを抑えられなかった。自分がこれほど馬鹿な人間だったとは。信じられないし、情けない気持ちだ。

衝動的で強引な行為を終えると、茜は気絶するように眠ってしまった。謝罪する暇も、優しい愛の言葉をかける暇もなかった。

「茜、ごめん……」

彼女の頬を撫で、額にかかる前髪をのける。本当はこんなふうに触れるのすら許されないかもしれない。

俺は、彼女の初体験を一方的な感情に任せて奪ってしまったのだから。

「嫌われたら……どうしよう」

三　新婚早々レスですが結婚式はやってくるのです

目覚める間際、眠りが浅くなる感覚がする。夢の帳《とばり》が明けていくのがわかる一方で鮮やかなのは身体の痛みだった。筋肉痛というか、筋がつっぱったような痛みというか。スポーツクラブでハードなヨガのクラスに出た後、翌朝がこんな感じだった気がする。

あとは腰が痛い。月のものが来たのかなという感覚だ。

いったい私は何をしてしまったのだろう。

目を開けあたりを確認するまで、私は自分の置かれた状況がわからなかった。

白い天井、寝心地の違うベッド。ああそうだ。引っ越してきて、睦月さんとふたり暮らしが始まって……。

そこまで考えて、自身の身に起こったことがようやく理解できた。

そうだ。昨晩は初夜だったのだ。

ハッとして横を見ると、睦月さんはベッドにいない。私が睦月さんのベッドを占領している形だ。

枕元に置いたデジタル時計を取って見ると、六時三十分を表示していた。

身体を起こし、パジャマの上だけ羽織っていると気づいた。下着やパジャマのズボンは、私のベッドに置かれている。たたまれてあるわけじゃないけど、昨晩、彼の手で脱がされた衣類を拾っておいてくれたのだろう。

恥ずかしくて嬉しい。

初めての夜だった。私、変な行動はしていないだろうか。変な声や変な顔を彼に見せてはいないだろうか。ちゃんと普通にできていただろうか。

処女喪失は確かに痛かったけれど、大袈裟《おおげさ》に痛がってしまっていないだろうか。

彼は、ちゃんと私で気持ちよくなれただろうか。

そう、そもそも睦月さんはどこだろう。今日は平日、ふたりとも仕事だ。私は荷ほどきが間に合うか不安だったから、午前半休をもらっているけれど、今となってみれば別の意味でよかったと思わざるを得ない。

ベッドから下りようとして、身体の芯がずきんと痛んだ。驚いて、ドッと床に膝をついてしまう。

「茜?」

すぐにドアが開いた。そこにいたのはワイシャツにスラックス姿の睦月さんだ。何時から起きていたのだろう。

私はパジャマの上しか着ていないのに気づき、慌てて前だけでもかきあわせボタンを留めた。上着の丈が長いのでおしりくらいまでは隠れる。

「あ、ごめんなさい。こけちゃって」

苦笑いしてみせるけれど、睦月さんは神妙な顔をしている。私を助け起こそうと手を伸ばしかけ、それをぴたっと止めた。私が自力で立ち上がる頃には手はすっかり引っ込められていた。

「睦月さん？」

「昨晩はごめん。きみは初めてだったのに、乱暴だっただろう？」

「え？　ううん、こんなものだと思っていたから」

最初は痛いと聞いていたし、その覚悟はあった。むしろ、夢中で求めてくれる睦月さんに、痛みを忘れるくらい胸がきゅんきゅんしてしまった。男の人と触れ合うのが初めてだからわからないけれど、あんなふうに一生懸命な姿を私のために見せてくれるなんて嬉しい以外の何物でもない。

「私は睦月さんと経験できて嬉しかったよ」

「いや、本当にすまない。気まで遣わせてしまって」

睦月さんは明らかに顔色が悪く、うなだれている。こんな表情は知らない。

「自分の欲を抑えきれなかったのを恥ずかしく思うよ。もっと自分を律することができるようになる」

「気にしないで、睦月さん。私、平気だよ」

そう言って歩み寄ろうとして、膝が抜けた。ぐらっと傾いた身体を咄嗟《とっさ》に睦月さんが支えてくれる。しかし私をベッドに座らせると、さっと一歩引いてしまった。

「きみに無体を強いたのは俺だ。本当にごめん」

「変な感覚がしただけだよー。痛くないの、大丈夫！」

私はわざと元気に言って、ベッドから立ち上がった。衣類を手にして、彼の横をわざと大股で通り過ぎた。

「シャワー浴びてきちゃうね」

そう言って、バスルームに向かった。本当は、脚と脚の間に何かが挟まっているような感覚が残っていたけれど、普通に歩けていたはず。

脱衣所でパジャマの上着を脱ぐと、自分の裸体が鏡に映る。驚いた。首筋や鎖骨、肩や胸元にまで赤い痕《あと》が散っている。

これは噂《うわさ》に聞く、キスマークというものだろうか。こんなふうに赤い痕がつくのね、と感心しつつ、そういえば行為の最中に何度となく彼にあちこちキスをされたなと思い出す。

「情熱的だったなあ、睦月さん」

私はキスマークを確認し、さらに幸せ気分に浸《ひた》りながらシャワーを浴びた。好きな人と結ばれた喜びと比べたら、身体の痛みなんてまったくたいしたことではなかった。

シャワーから出ると、睦月さんはすっかり朝食の仕度を整えておいてくれた。私が実家から持ち込んだお米を炊き、冷蔵庫にあるもので手際よく用意してくれるなんてさすがだ。実家暮らしだった男性とは思えない。

「睦月さん、ありがとう。いただきます」

笑顔で手を合わせる私に、睦月さんは伏し目がちに言う。

「よかった。ゆっくり食べて。俺は朝のミーティングの準備があって、もう出ようと思うんだ」

「え、早いね」

まだ七時を過ぎたばかりだ。郊外ならともかく、睦月さんの職場まで十分ほどなのに。

いや、きっと部長職にある人だもの。御曹司だからと形ばかりの役付でいる人ではないと私だってよくわかっている。

「いってらっしゃい。気を付けてね」

「……きみは、身体がきつかったら、無理しないでくれ」

「ふふ、平気だってば」

睦月さんはどこか硬い表情のまま出勤していった。ひとり残された私は朝食にする。炊き立てのごはんに焼き海苔《のり》。梅干に納豆。

もぐもぐ食べながら、なんとなく違和感を拭いされずにいる。ええと、なんか変だな。初夜を迎えた男女の朝とはこういうものなの？　もう少し甘い雰囲気になるものなんじゃないかなあ。

しかし男性経験に乏《とぼ》しい私には、ドラマや漫画しか教科書がない。きっと、現実はこんな感じなのだろうと自分を納得させるしかなかった。

恥ずかしかったのだろうか。それとも、私に変な行動や言動があったのだろうか。

その日、午後から出勤してても私はずっと睦月さんの態度ばかり考えていた。やはり納得しきれない。だって、初夜だったのだ。

そこまで思って、ハッとする。そういえば、行為のあと私はバタンと気絶するように眠ってしまった。喘《あえ》ぎすぎたし、パニックだったし、終わったと思ったら意識が飛んでしまったのだ。

本来はあの後に、ピロートークというものをすべきだったのではなかろうか。腕枕とかしてもらって、彼の胸に頬を寄せて……ドラマで見たことがある。

それなのに、私は身体すら拭かず、素っ裸でグーグー先に寝てしまった。睦月さんに幻滅された可能性もあり得る。

それとも、……これが一番嫌な想像だけど、私との身体の相性がイマイチだったとか。

睦月さんは中高時代ものすごくモテていた。特定の彼女がいたという話は知らないけれど、彼の妹さんの話では大学時代は恋人もいたわけだ。経験人数は何人かいるだろう。

その女性たちと比べて……。

いや、それは初心者なので大目に見てもらえないだろうか。未来に期待してほしいし、あなた色に染まりますという方向で、納得してもらえないだろうか。

小柄で手足はそんなに長くない。胸だけはちょっと大きめだけど、胸ってすんなりした手足やセクシーなくびれや鎖骨と合わさることで魅力的に見えるのであって、私はそういった武器は持っていない。

女としては、期待外れだったのかなあ。

職場では結納と入籍のお祝いを言われ、結婚式とは別にお祝いの宴会をコンテンツ部で開こうと皆言ってくれた。

嬉しくてこそばゆくていい日なのに、時間が経つごとに心配になってくる。

結局その日、私は仕事もそこそこにスーパーに寄って帰宅した。睦月さんと仲良く夕食にするため、食材を買ってきたのだ。

新しい街のスーパーはどこに何が売っているかわからず、買い物に時間がかかってしまった。

料理は格別得意じゃないけれど、土日は母親の手伝いくらいしていたし、できないわけじゃない。帰り道に決めた献立を、レシピ動画を見ながら作る。

筑前煮《ちくぜんに》は初めて作った。まあまあ美味しいのではないだろうか。明日になったら、味が染みてもっと美味しいはずだから、二日分作った。

サンマを焼いて、大根おろしも作って、かぼすを用意。ごはんとお味噌汁《みそしる》で完成だ。とてもいい感じの秋の食卓。

ちょうど帰ってきた睦月さんが食卓を見て顔をほころばせる。

「美味しそうだね。茜は料理が上手なんだな」

「駄目駄目、食べてから感想を言ってください」

「すぐに着替えてくるよ」

そう言った睦月さんは、普段と変わらない様子に見えた。

ルームウェア姿になった睦月さんがリビングに戻ってくる。私はまだタートルネックの薄手ニットとスカートという出勤時と変わらないスタイルだけど、合わせて着替えてこようかな。実家だと、お風呂までこのままの格好だったりしたけど、こういったライフスタイルのすり合わせも楽しいよね。

着替えようか迷って、やめた。今日は考えがあるのだ。

夕食は穏やかに進んだ。今朝は戸惑った様子だった睦月さんの態度は、いたって普通だったし、筑前煮や味噌汁を褒めてくれ、大根おろしは大変だっただろうと私を気遣ってくれる。笑顔を見ていると、憧れの王子様と結婚したのだとしみじみ実感する。

ああ、幸せ。

やはり、今朝の妙な雰囲気は、お互い照れてしまっていたからなのだ。それはそうだよね。私だって、誰にも見せたことがないところまで見せてしまったし、朝に顔を合わせるのが恥ずかしかったもの。

食後、片付けを済ませて少し早めのお風呂に入った。

念入りに身体を洗い、全身をチェック。タオルドライした髪には新しいヘアオイルをつけ、乾かした。

用意したパジャマは、もこもこのマイクロフリースの可愛いルームウェアにした。

睦月さんに合わせて、スウェット素材のルームウェアを着ようかと思ったけれど、印象重視だ。このルームウェアはショートパンツ型で、冬ものなので少し厚手だけど脚はしっかり見える。

今夜は二度目の夜である。勝負をかけるなら今夜で、少しでも意識してもらいたい。セクシーに迫れるかは微妙だけど、彼にドキっとしてもらいたい。昨晩が期待外れじゃなければ、きっと彼だって私に触れてくれるに違いない。

「お風呂お先にいただきました」

リビングに戻った私を見て、睦月さんが一瞬動きを止めた。手にしていた経済誌をゆっくりとローテーブルに置き、私に背を向ける。

あれ、今、目をそらされたかな。不安に思ったけれど、これもきっと照れているからに違いないと自分を納得させる。

睦月さんがお風呂に入っている間にドラマの見逃し放送を見ながらスキンケア。彼がお風呂をあがったら、テレビをつけてバラエティ番組に誘う。並んでソファに腰掛けてテレビ観賞だなんて、すごくいい雰囲気だ。

十二時に近づいてきたタイミングで満を持して声をかけた。

「睦月さん、私は寝るけど、睦月さんも寝ない？」

「ああ、……俺もそろそろ寝ようかと思っていたよ」

「あ、あのね」

長いとは言えないけれど、露出した脚は彼の視界に入っているだろうか。襟元はフードタイプではないので、鎖骨も見えているはず。うなじが見えやすいように、ミディアムボブの髪はひっつめてクリップで留めてある。

「二度目は、そんなに痛くないっていうから……今夜も、大丈夫」

精一杯の誘いの言葉だった。接近して彼を見上げている私は、自分でものすごく積極的になっている自覚がある。恥ずかしくて死にそうだ。

すると、睦月さんが私の肩に手を置いた。それから、ぐいっと遠ざけるようにその手を押したのだ。想像と逆の行動に私は驚いた。

「茜、ありがとう。でも――」

睦月さんの顔には明らかな狼狽が見えた。私を真っ直ぐに見られずにいるのがわかる。

「きみのことは大事にしたい。ゆうべみたいに、欲に駆られてひどく扱ってしまいたくないんだ。だから、軽々しく触れないようにしようと思う」

「え、私は……気にしてない……よ」

「本当にごめん。先に寝ていて。ちょっと頭を冷やしたら行くから」

そう言って、睦月さんはリビングに面したベランダに出てしまった。呆然《ぼうぜん》とする私はスマホを手にのろのろと寝室へ。昨晩使わなかった自分のベッドに転がるとお布団を首まで被った。いや、暑いのでやめた。このもこもこパジャマ、十月にはまだ少し暖かすぎるのだ。それを無理して着たのに。頑張って誘ってみたのに。

「睦月さん、したくないんだ」

やはり期待外れだったのだろうか。魅力がないのだろうか。

新婚早々レスになってしまうなんて。

「結婚、後悔していたらどうしよう」

睦月さんがベッドに入ったのは三十分ほど後で、私は彼が眠った後もなかなか寝付けなかった。

私と睦月さんが入籍し半月、季節は十一月になり結婚式も近づいてきた。

「準備できた？」

朝、玄関先で睦月さんが尋ねるので、私は通勤バッグを手に足早に追いかけ、パンプスに足を突っ込んだ。

「お待たせ」

「じゃあ、行こうか」

ここでいつも考える。行ってきますのキスとか……提案してみるのはどうかなぁって。背伸びしてねだってみたら、彼は応じてくれるだろうか。普通の新婚夫婦のように。

でもすぐに思い直す。きっと睦月さんは困った顔をする。そんな顔は見たくない。だから、私は笑顔でドアを開け彼の隣を歩くのだ。それが一番いい。

「今日は？」

「少し遅くなるかも。夕飯は用意しなくていいよ」

「了解。私もちょっと残業しなきゃなんだよね」

一緒に通勤するのは同居以来の習慣だ。並んで歩いている私たちは、共働きの仲のよさそうな夫婦に見えるだろうか。

（実際、レスなんだけどねぇ）

私は口に出さない気持ちを呟《つぶや》く。睦月さんと私は半月経ってもまったく触れ合っていない。初夜以来、全然だ。

もちろん、一緒に暮らしていて肩がぶつかったり、指と指が接触したりなんてことはある。だけど、それ以上はない。

むしろ、それ以上の接触が起こりそうなものなら睦月さんがズサーッと後ろに引いてしまう。

睦月さんは私と関係を持とうという気持ちが、現時点ではないように見える。彼は私を大事にしたいからと言っていたけれど、本当だろうか。実際のところ、初夜が期待外れだったのではなかろうか。

結果、私を性的な対象に見られなくなったとか……。

今のところ離婚は言い出されていないし、彼は元から性欲の発散相手として妻を選んではいない。だから、結婚生活はレスのまま継続なのだろう。

次に私と関係を持つのは後継者問題が迫ったときかもしれない。私が産休を取ってもいいと了承した時期に、タイミングを見て関係を持つのだろうか。

それも仕方ないと思った方がいい。元から好き合って結婚したわけでもないのだ。

でも、私は睦月さんに憧れていたし、結婚の話が出て以来恋の気持ちは着実に育っていた。だから、彼に避けられるのはつらいものがある。新婚レス夫婦になんてなりたくなかった。とはいえ、睦月さんにその気がなかったらどうにもならないのだ。

「茜、今日うちに来る予定だったな。そちらの社長も」

日本橋の駅で降り、睦月さんが確認してくる。今日は我が社西ノ島株式会社の社長自らなつめ屋に同行すると言っている。私は頷いた。

「うん。今日は応接間の確保をよろしくお願いします」

「了解。じゃあ気をつけて」

別れ際、向かい合って一瞬寂しい気持ちになった。気安く彼の肩にぽんと手を添えて微笑むことが、今の私にはできない。私がどんなに彼に触れたくても、きっと彼は困惑するだろうから。

「茜？　忘れ物でもした？」

「ううん、なんでもないよ。睦月さんも。またね」

駅構内で手を振りながら別れた。私は暗い気持ちを押し隠す。

やめよう。睦月さんはけして私を邪険にしているわけじゃない。優しく穏やかにパートナーとして扱ってくれるのだから。これ以上、求めなくていいじゃない。レスだって、仲のいい夫婦はたくさんいる。……たぶん。

新橋のオフィスに到着すると、同僚たちと挨拶を交わしデスクへ。メールの処理や今日の仕事のチェックをしていると。後輩の加藤《かとう》さんがやってきた。

「大井さーん、金曜の飲み会、場所決まりました。スマホ、あとでご確認くださーい」

「あ、ありがとう」

新人の加藤さんは店の予約をしてくれているのだ。なお、私は職場では旧姓で通している。

「こらこら、もう始業時間だぞ。一応、そういうやり取りは始業前にやりなさい」

横から口を挟んできたのは、別件でやってきたのだろう錦戸部長。加藤さんがえへっと笑った。

「失礼しましたー。大井さんのご結婚祝いなので、嬉しくなっちゃって、つい」

そう、金曜は部署のみんながお祝いしてくれる予定だ。

「大井、急に結婚決まったもんな。しかも玉の輿《こし》」

隣の席で言うのは同期の塔野《とうの》くん。彼は入社後の配属でコンテンツ部に来ているので、私より部署の経験は長い。

加藤さんがほうっとため息をついた。

「ご主人、なつめ屋の若旦那ですよね。イケメンだって噂ですー。羨《うらや》ましい～」

「仕事ぶりを気に入ってもらえたってすごいよな」

塔野くんの言葉に錦戸部長が言った。

「一生懸命仕事をしていたら、こういったご縁も巡ってくるってことだ。大井だって狙ったわけじゃない。ご縁がくるように祈りつつ、おまえたちも仕事に励んでくれ」

はーい、と返事をする塔野くんと加藤さん。部長がこちらを向き直った。

「今日、なつめ屋の件、よろしくな。俺と社長も同行するから」

「はい、よろしくお願いします」

「大井たちの結婚式で乾杯の音頭を任されているから、社長も張り切ってるよ」

私と睦月さんの結婚はあくまで個人同士のものだけれど、うちの社長もお義父さんも会社同士の結びつきのように扱っている。

こういった関係性がある限り、私と睦月さんが離婚するのは現実的ではない。睦月さんもそのあたりはわかっているのだろう。

社長と錦戸部長を連れてなつめ屋に赴いたのは午後の早い時刻だった。打ち合わせと称した社長同士の懇談会《こんだんかい》だ。なつめ屋とは西ノ島株式会社がショッピングモールの業態を取る以前、小売りデパートを中心に営業していた時代からの付き合いだそうだ。西ノ島は世襲の一族経営ではないけれど、今の社長は若い頃からお義父さんと親交があったらしい。

応接室には睦月さんとお義父さん、逆井さんが待っていた。私たちが型どおり打ち合わせするのを社長ふたりは相槌《あいづち》を打って見守り、途中からは各自の話で盛り上がっていた。

「睦月くんは本当に目が高いですよ。うちの大井は、仕事ができるだけじゃなく、人格的にも好人物でしてね。男女問わず、人気者ですから」

社長が見てきたように言うが、この人物評は錦戸部長が下駄を履かせて社長に報告したものだ。

「大井を狙っていた男性社員たちも、お相手がなつめ屋の若旦那だと知って、敵わな

「いやいや、うちの睦月にはもったいないくらいのお嫁さんですよ。茜さんは」

こんな会話が、結婚式でも繰り返されるのだなと思って、とりあえずニコニコ笑顔だけは作っておく。ちょっと気疲れしてしまう。睦月さんは睦月さんで、静かな表情で相槌だけ打っていた。おそらくは、無駄話はいいから早く打ち合わせを終えたいと思っているだろう。

〝夏目部長〟ならそう考えると思う。

打ち合わせを終え、なつめ屋の営業部の前を通りかかると、何人かの社員が顔を出していた。夏目部長の奥さんを見に来たという感じだろうか。もちろん、お義父さんの姿を見つけ、早々に引っ込んだけれど、半分開いたドアから視線は感じた。

なんだか複雑な気分だ。

「はは、うちの営業部の連中がすみません」

お義父さんが、こちらに向かって言う。

「みんな、睦月のハートを射止めた女性を見たいんですよ。茜さんは一階の打ち合わせスペースや店舗にしか来ないから」

「大井くん、祝福ムードで嬉しいね」

社長に言われ、私は曖昧《あいまい》に微笑んだ。

「ええ、嬉しいです」

本当に祝福される結婚なのかなあ。ふと、そんな言葉が脳裏をよぎった。会社同士の繋がり、親を喜ばせるための結婚、中身の伴わない新婚生活……。花嫁になる人間がこんな暗い気持ちでいてはいけないというのに。

私の気持ちは置き去りのまま、結婚式は十一月の中旬に執り行われた。入籍からちょうどひと月である。

都内のホテルはお見合いに使われた場所で、夏目家御用達だ。呉服商に嫁いだのだから、和装は当然と思っていた。

角隠《つのかく》しに白無垢《しろむく》で神前式を挙げ、披露宴は黒引き振袖に、髪にはユリをあしらってもらった。このあたりは、お姑《しゅうとめ》さんの勧めが大きい。夏目家に染まりますという意味合いの花嫁衣装だし、お任せした方がいいと思ったのだ。

お義母さんの趣味は確かなもので、仕上がった花嫁姿には我ながらため息。黒引きの振袖に着替えたところで、睦月さんが迎えに来てくれた。睦月さんもお家の事情でお色直しなのだ。挙式時は正装の黒五つ紋付《もんつき》、披露宴はグレーを基調とした色紋付だ。

「茜……」

新婦控室に迎えに来た睦月さんはぴたっと固まる。白無垢のときも同じ反応をされた。表情も硬い。

「似合っているよ。綺麗だね」

やっと言葉が聞こえてきた。私は笑顔で睦月さんに言う。

「睦月さんも素敵。さっきの黒い紋付もよかったけれど、この色は睦月さんの顔立ちが綺麗に見えるなあ」

「そうか、ありがとう」

言葉少なに言って睦月さんは目をそらしてしまった。

私はため息を噛み殺した。

初夜から一ヶ月、私と睦月さんはやっぱり営めていない。レスのまま、今日を迎えてしまっている。

せめて仲良くはしたいのだけれど、睦月さんは私に触れようとしないし、むしろ日増しにギクシャクしている気がする。今だってそうだ。

「茜」

そう言って睦月さんが手を差し伸べてきた。私はその手に自らの手を重ねる。彼は複雑な表情をしつつ、それでも私に優しくしようとしてくれる。それが心苦しいような、切ないような。

だからこそ私は敢えて笑顔を作った。

「行きましょう、睦月さん。披露宴、楽しみだね。お腹減っちゃった」

「ああ」

睦月さんの手をきゅっと握る。どうか、このまま妻でいさせて。あなたが選んだ女として、邪魔にはならないから。

披露宴には双方の会社関係者を多く招いている。お色直しをして会場に戻ると、盛大な拍手で迎えられた。

多くの人たちと挨拶をし、写真を撮る。これほど写真を撮られる機会は後にも先にもないだろうと思う。

会社関係者の出席が多いため、私たちはどちらも学生時代の友人をほとんど呼んでいない。よかったのだろうかと今更思う。私はともかく、睦月さんは学生時代ずっと人気者だったはずだ。

「大井さん、綺麗です。黒が似合いますね」

そう言ってやってきたのは後輩の加藤さん。横には同期の塔野くんの姿もある。白無垢でも写真を撮ったけれど、またスマホを手にしている。

「私も結婚式は絶対に和装にしよ～」

「加藤はまず相手だろ」

塔野くんに言われて加藤さんがむっとした顔をする。

「塔野さんだって、相手いないじゃないですか」

「俺の心配は別にいいよ」

塔野くんが笑っていなして、私の方を見る。

「大井、本当に綺麗だな。馬子《まご》にも衣装だよ」

「そういうことを花嫁に言わないで」

「ごめんごめん。……ご主人、噂通りすごいイケメンだな」

後半はこそっと私に内緒話をするように言う。塔野くんの視線の先には、会社の部下たちに囲まれる睦月さんの姿があった。

こうして見ていると、会社でも人望があるのだと感じる。女性社員たちのうっとりした顔や、寂しそうな表情を見ると、彼に対して本気で恋をしていた女性はたくさんいるのではないかと考えてしまう。

「格好いいし、性格も優しくて、私にはもったいないくらいの旦那様なんだ」

「のろけるねぇ」

塔野くんと笑い合っていると、睦月さんがこちらに向き直った。ちょうど人が途切れたタイミングで、私の同僚に挨拶をしてくれるつもりなのだろう。

「今日はありがとうございます。茜がいつもお世話になっております」

そう綺麗な笑顔で言う彼は、端から見たら本当に素敵な理想の旦那様なのだろうなと思う。加藤さんなんか、ほうっとため息をついているもの。私の学生時代の反応そっくりだ。

「茜さんの同期の塔野と言います。こちらは後輩の加藤です。夏目さん、茜さんおめでとうございます」

「お似合いのご夫婦で、私も早く結婚したくなっちゃいました！」

無邪気な加藤さんににこっと微笑みかける姿は、あの頃の王子様のまま。睦月さんは自分で意識していないのだろうけれど、愛想よくしようとすると王子様オーラがあふれ出てしまう。無意識に女性を虜《とりこ》にするのだから困った人だ。

私はこれからも、この格好いい夫が女性を惹きつけるのを見続けるのかしらと思うと、暗澹《あんたん》たる気分になった。そんな女性たちの中に、彼が本気で恋をするような人が現れませんように。

「茜、少し疲れたか？」

塔野くんたちが席に戻ると、わずかなふたりきりの時間ができた。睦月さんが心配そうに私を見ている。きっとまたすぐに写真や挨拶で人垣ができてしまうだろうから、結婚式中でもふたりで喋《しゃべ》る時間は限られている。

「平気よ。着物に慣れないから、肩が凝《こ》っちゃった」

「そうか……あとで」

そこまで言いかけて睦月さんは口をつぐんだ。

「あとで、……なんですか？」

「なんでもない」

何を言いかけたのだろう。しかし、睦月さんはもう目をそらしてしまう。

食い下がってもしょうがないと思っていたら、大きな声が聞こえた。

「兄さん、茜さん、お疲れ様～」

そう言ってやってきたのは、桃色の地に豪華な薔薇《ばら》を刺繍《ししゅう》した色留袖《とめそで》を着た葉月さんだった。ご主人は席に残して、ひとりでやってきたようだ。

「茜さん、白無垢より黒引きの方が似合ってるんじゃない？　着物に着られてるって感じは抜けないけど」

くすくす笑う葉月さんに睦月さんが眉を険しくした。

「葉月、どうしてそういう態度なんだ」

「別に変な話をしていないじゃないの。ウエディングドレスだったらもっと子どもっぽくなっていただろうから、和装でよかったんじゃないって言いたいだけよ。まあ、兄さんと並ぶと見劣りしちゃってお似合いとは言いがたいけどねえ」

からかいたいのだろうか。私が睦月さんに相応《ふさわ》しくない、夏目家の嫁に不適格だと、あらためて主張しておきたいのだろうか。よりにもよって結婚式で。

「不快なことを言うなら席に戻ってくれ」

しかし葉月さんはなかなか席には戻らず、チクチクと嫌味を言い続け、こちらは苦笑いを返すしかできなかったのだった。

披露宴を終え、参列者を送り出し家族の帰宅を見届けると、私たちはホテルの部屋に入った。今日は宿泊の予定だ。さすがにくたびれ、先にシャワーを浴びさせてもらってから、窓辺の椅子に腰掛ける。高層階なので夜景が綺麗だった。

対外的にはいいお式だったと思う。一方で、なつめ屋の嫁として挨拶がとにかく多かったし、ずっとニコニコしているのは結構疲れた。

お義父さんもお義母さんもいい嫁がきてくれたと周囲に自慢していたけれど、それが私という人間の正しい評価かはわからない。期待を裏切るなと言われているように感じてしまったのは私の考えすぎだろうか。

さらに途中やってきた葉月さんにはあれこれ言われたし。

……きっと、彼女は兄嫁が私であるのが気に食わないのだろう。美しく凛々《りり》しい兄は彼女にとっては誇りで、私のようなちんちくりんの地味女が相手では認めたくないという気持ちもわからないでもない。それにしてもこれからも親戚として付き合っていかねばならないのに、最初から悪感情を抱かれているのは厳しいものがある。

「茜、お腹は空いていないか？　ルームサービスを頼もうかと思うんだけれど」

睦月さんがシャワーから出てきた。ホテルに朝入ったときのスーツのスラックスにシャツという姿だ。私もシャワーあがりにバスローブはやめて、ワンピース姿でいるけれど。

「あ～、あまりお腹空いてないからいいかな。食べられなかったお赤飯を包んでもらってるし」

「料理はほとんど食べられていないだろう。お腹が空いたと言っていたのに」

確かに披露宴中は忙しくて、出された食事はほとんど食べられなかった。でも、今は疲労で何も食べたくない。

「睦月さん、好きなもの頼んで。私はもう少ししたら、先に休もうかな」

「茜」

睦月さんが思い切ったような雰囲気で、私を呼んだ。なんだろう。振り向くと真剣な表情の彼と視線がぶつかった。

「どうしたの？　睦月さん」

「肩……、揉《も》もうか？」

そんなに鬼気迫る様子で尋ねることだろうか。戸惑いながら私は笑顔を作った。

「いいよ、いいよ。睦月さんも疲れているでしょう」

「き、着物で……肩が凝ったと言っていたから」

そう言った睦月さんの声はどんどん尻すぼみになっていく。私の脳裏には披露宴の途中で言い淀《よど》んだ彼の顔が思い浮かんだ。

「もしかして、式のとき言いかけたのって『肩を揉もうか』って話？」

「きみが嫌なら別に」

ぼそぼそと睦月さんは言う。

「きみに軽々しく触れないようにしているのに、こんな提案をしたら、下心があるように聞こえるよな」

その小さな声を聞きながら、私の頬は見る間に赤くなっていた。睦月さんはもしかして、私に遠慮していたのだろうか。〝触れる〟ということに対して。

「あの……初めての夜を……まだ気にしてるの？」

睦月さんがわかりやすく肩を揺らした。それから、目をそらしたままゆっくり頷く。

「きみに強引に触れた。痛い思いをさせたのは俺だから」

「睦月さん、私、気にしてないよ！」

ここできちんと言っておかなければと思った。この人はあの初夜からひと月、私に引け目を感じていたのだ。ひどいことをしたと罪悪感を覚えていたのだ。

「むしろ、跡継ぎを産むなんて引き受けておいて、処女だって言わなかった私が悪いよ。重たいんじゃないかって言えなかったんだけど、結局あなたを満足させられなかったし、遠慮させてしまった」

「満足させられなかったなんてことはない」

顔を上げて否定する睦月さんは赤い頬をしていた。真剣で、少しだけ泣きそうにも見える。そんな表情を可愛いとも愛しいとも思った。

「きみとの最初の夜、本当に嬉しかった。最高だった。……だけど、俺ばかりが気持ちよくても……きみはつらかっただろうし。きっと俺が怖くなっただろうと」

「初めてを憧れの人に捧《ささ》げられたのに、怖いわけがないじゃない」

そう言った私も赤い頬をしているだろう。ああ、これでは告白だ。でも、悪いように誤解されたくない。

「ずっと憧れていた人と夫婦になって、初めての夜を迎えて。痛くても嬉しいよ。たくさんつけてくれたキスマークだって感動したもの」

勇気を出して一歩近づく。真っ赤になっている睦月さんの顔を見つめる。

「相棒として夫婦になったかもしれない。でも、触れ合うのもコミュニケーションだと思うの。嫌じゃなければ、触れてほしい」

睦月さんが歩み寄ってきた。間近で見上げる彼は私よりずっと背が高くて、細いけれどたくましい体躯《たいく》をしている。ひと月前、この身体に抱かれてどれほど嬉しかったか。彼に伝わっていないのは悲しい。

私は勇気を出して、その身体に腕を回し抱きついた。睦月さんが息を呑むのがわかる。

「あ、茜」

ぎゅっと抱きしめ返してくれる彼の腕。髪に顔を埋め、睦月さんがささやいた。

「キスしたい」

「はい」

顔を上げると、触れるだけの優しいキスが降ってきた。すぐに顔を離し、私を抱きしめた格好で睦月さんは言った。

「きみの気持ちは嬉しい。俺はきみが思うより欲望に忠実な男で、きみに許されたらまためちゃくちゃにきみを抱いてしまいそうなんだ」

めちゃくちゃに、その言葉で私がきゅんきゅんしているのをこの人は気づかないのだろう。あなたにならいい、何をされてもいいのに。

「大事にしたい。処女を奪っておいて今更だけど、茜との関係を急ぎたくないんだ」

潤んだ瞳と興奮を抑える彼の表情を見つめる。好かれていないとか、期待外れだったのではとか、そんな不安はなくなった。睦月さんは、妻として私を大事に想ってくれている。そして、性愛の対象としても魅力的に感じてくれている。

それがわかっただけでものすごく嬉しかった。

「きみに触れるのも、抱くのも、慎重になりたい。俺なりの誠意だから」

始まりは恋ではなく、利害からの結婚だったかもしれないけれど、お互いを欲しく思う気持ちと大事にしたい気持ちを一緒に育てていけるならこれほど素敵な関係はないように思う。

「睦月さん、私、あなたと結婚できて幸せ」

「お、おお俺も、茜が妻になってくれて嬉しい」

激しく突っかかりながら言う睦月さんに、私はちょっとだけ笑ってしまう。素敵な王子様の素顔を知っているのは妻の私だけなのだ。

それから私たちはもう一度優しく唇を重ねた。唇を離したら、照れ臭くてどうしようもなく、そそくさとお互い身体を離したのだけれど。

それ以上触れ合うことはなかったものの、満たされた夜だった。

四　ハネムーンと嫉妬

成田《なりた》国際空港、ホノルル行きの飛行機。隣の座席で茜は窓の外を眺めている。滑走路を移動する飛行機がいつ離陸するのかと心待ちにしている様子だ。

「私、海外って二度目なの。一度目は大学の短期留学でシドニーだったんだけど、それ以来どこにも行ったことがないんだ。旅慣れていないから、迷惑をかけたらごめんね」

茜はハネムーンに浮かれている。昨日結婚式を挙げ、今朝荷物をマンションに置いて、その足で成田から出発というあわただしいスケジュールなのに元気いっぱいだ。

「睦月さんとふたり旅、嬉しいなあ」

そんな顔がことさら可愛くて、今すぐ抱きしめてキスしたい気持ちを俺はぐっと抑えた。

キスなら昨夜したじゃないか。ハグだってした。むしろ、茜から抱きついてくれた。

今はそれで満足しなければならない。

ひと月前、初夜で欲望を爆発させてしまった俺は、茜に触れられない生活を送ってきた。茜は平気だと言ってくれたが、これ以上嫌われたくないという気持ちと、また同じように欲に任せて抱いてしまいそうで茜を避けるひと月だった。

大好きな妻を避けるのはつらい日々だったが、近づけばすぐにでも押し倒してしまいたくなる獣のような若い衝動を耐えるには、そうするしかなかった。

しかし、茜は結婚式を終えた昨晩、俺と触れ合いたいと言ってくれた。

初夜の俺の無体を嬉しかったと言ってくれ、触れてほしいと……。それだけで俺は再び爆発しそうな愛欲を抑え込まなければならなかった。

ゆっくり関係進展をする約束をし、優しいキスを交わした。幸せで死にそうだった。

茜は俺に恋しているわけじゃないが、学生時代に憧れてはくれていたようだ。だから、俺に対してさほど拒否感もないのだろう。王子様と呼ばれていた過去を、初めてよかったと思えた。

茜にあらためて好きになってもらいたい。最初からつまずきかけて焦ったけれど茜は許してくれたし、好意を見せてくれている。この関係をさらに発展させていこう。

そのためにも、俺は身の内の大きすぎる愛欲をコントロールしなければならないのだ。それはこのハネムーン中もである。

ダニエル・K・イノウエ国際空港――旧ホノルル国際空港に到着したのは約八時間後だった。時差はマイナス十九時間なので、夕刻に出発した俺たちは一日戻って朝にホノルルに到着した形になる。

荷物は空港に預け、ホテルに運んでもらうサービスを利用した。

「飛行機でたくさん寝たから元気」

茜は言葉の通り生気に満ちあふれた様子だ。空港で食事にパンケーキを食べている間も、今日回るところをガイドブックでおさらいしては俺に見せてくる。

「長旅だったし、時差もある。疲れたら言うんだよ」

「うん、わかったよ。睦月さんは大丈夫？」

「俺は大丈夫」

結婚式が終わり気が抜けた部分はあるけれど、茜が隣で笑っているだけでずっと元気でいられる。それに初めてのふたり旅、すべての瞬間を覚えておきたいし、楽しみたい。

外に出ると強い紫外線は感じるものの、風が爽やかで心地よかった。雨季にさしかかるハワイだが、気候は温暖で日本の真夏と比べてずっと過ごしやすい。

「まずはダイヤモンドヘッドでしょう」

「ああ、上まで登るけど大丈夫？」

「もちろん、営業の体力を舐めないで」

力こぶを作って見せる茜。可愛いなとにやつきそうになる表情をきりっと引き締める。すると茜が俺のシャツの裾を引いた。

「あのね、睦月さん。手、繋いでもらってもいいかな」

「手‼　も、もちろん」

中学生男子のような反応をしてしまった。

「よかったぁ。結構人が多いし、はぐれちゃいそうで不安だったの」

ふにゃっと笑う茜の可愛さに、また心臓を撃ち抜かれつつ、俺は手汗をかかないように心頭滅却《しんとうめっきゃく》と心で唱えた。

トロリーで登山口近くまで行き、入園料を払って入る。本格的な登山装備はいらないと聞いていたが、確かにハイキング気分で歩けた。

頂上に近づくにつれ傾斜は少々きつくなったし、最後の方は階段もあった。それでも一時間もかからずに頂上に登れる。一番高くなっている地点は狭い階段を使って上がらなければならないので、順番を待ってやっと登れた。

ワイキキビーチが見渡せる美しい光景に、俺も茜も見惚《みほ》れた。写真を撮り、頂上付近を少し散策して下りる。

額に汗してのダイヤモンドヘッド登山は、オアフ島最初の思い出としてはいいものだった。

登山を終え、ホテル近くまで移動してカフェでポキ丼のランチを食べた。

それから予約しておいたホテルにチェックインし、広々としたカップルステイプランの部屋でひと休みする。

「ビーチで遊んだり買い物するのは明日。スパの予約をしておいたから行っておいで」

「うん、ありがとう。夕方はホテルのテラスでフラのショーでしょう。それまでには帰るね」

明日までがホノルル。明後日はハワイ島に移動し、キラウェア火山を見に行く予定だ。ハワイ定番のコースだが、俺もさほど旅慣れているわけではないし、茜とふたりきりでいられるのが大事なのでこだわりはなかった。

ひとり部屋に残され、ラナイと呼ばれるバルコニーに出る。ワイキキビーチを眺めながら、ふたりきりの旅をしみじみと幸福に思った。ちらりと部屋を見ると、そこは花で飾られた室内とキングサイズのベッド。まさにハネムーンの新婚夫婦の部屋だ。

いや、そういうプランで予約したのだから、何も変な話ではないのだが、あらためて見ると緊張してきた。

茜に軽々《けいけい》に触れるつもりはない。しかし、今夜はひと月ぶりに同じベッドで眠る。広々としたキングサイズのベッドとはいえ、近くに茜のぬくもりを感じて平静でいられるだろうか。正直に言って、不安だ。

休憩をしているうちにスパから茜が戻ってきた。気持ちよくてすっかり眠ってしまったそうで、元気を取り戻しはつらつとした様子だ。そんな彼女を伴い、ホテル敷地内のステージへ。カクテルを楽しみながら、サンセットとフラを楽しむ。

その後はホテル内のレストランで夕食となった。

この間、どんどん膨らんでいく俺の緊張感。飲みすぎに注意して、理性を失わないようにしないと。酒の勢いで、茜に触れるという失態だけは避けなければならない。

「睦月さん、疲れた？」

「え？」

夕食中に茜に尋ねられ、俺は顔を上げた。そんな難しい顔をしていただろうか。慌てて言い訳をする。

「疲れていないよ。ちょっと感動してるんだ。きみとのハネムーンに」

「ふふ、私も。綺麗な景色をたくさん見て、美味しいものを食べて、感動しちゃう」

ワインで少しだけ頬が赤い茜。なんて綺麗なんだろう。見ているだけで苦しくなる。

触れたいし、キスをしたい。

ベッドに組み敷いてしまったら、彼女が嫌がっていても、最後まで止められないだろう。だからこそ、距離を取らねばならない。

「睦月さん、明日もたくさん楽しもうね」

はじけるような笑顔を守りたい。俺の中だけで膨らんだ気持ちをぶつけてしまいたくない。

「ああ」

俺は声を抑え、控えめに微笑んだ。

部屋に戻り、それぞれシャワーを浴びる。バルコニーに面したソファに掛け、スマホで今日の写真を眺めながらふたりであらためて乾杯した。

「睦月さん」

ほろ酔いの茜は、リゾートドレス姿だ。首筋や鎖骨がよく見え、豊かなバストの谷間まで見えてしまう。小柄だが、きゅっと引き締まり出るところは出たメリハリのある身体なのは、たった一晩でも記憶に焼き付いている。

想像すればするほど、触れたくてたまらなくなる。だけど、俺は茜への愛しさからこの強い欲をぐっと身体の奥へ抑え込んだ。

「茜、そろそろ休もうか。明日もやることがたくさんだ」

「うん、そうだね」

ドキドキしながらキングサイズのベッドに入る。襲いかからないように、理性を保ちつつ、俺は精一杯の愛情を示すために言った。

「茜、手を繋いで眠らないか」

「え、うん」

昼間、ダイヤモンドヘッドへ向かうとき、茜に手を繋ごうと言ってもらえてものすごく嬉しかった。挙動不審になるくらい焦ってしまったが。

だから、俺はがっつかずに誠意を見せるため、今敢えて提案するのだ。

シーツを滑らせ伸ばした俺の手に、茜がおずおずと触れてくる。温かく小さな手に愛しさがこみあげてきた。

「おやすみ、茜」

「おやすみなさい、睦月さん」

もしかして茜は期待してくれているかもしれない。今、俺が彼女の身体を手繰《たぐ》り寄せ、きつく抱きしめたら、きっと彼女は応じてくれるだろう。

だけど、駄目だ。求め出したら止まらなくなる。

明日の予定なんて無視して、日がな一日中茜をむさぼってしまうだろう。

だから我慢しろ。愛する妻に、一方的な感情をぶつけるな。彼女が許してくれるからこそ、大事に大事に扱わなければ……。


翌朝、カーテンから入るひと筋の光で目が覚めた。頬をくすぐる栗色の髪、間近に感じる温かな体温、そして甘い香り。

突如俺は覚醒《かくせい》した。腕の中に茜がいるのだ。ぐっすり眠る彼女を抱きしめて俺は眠っている。

慌てて見下ろした彼女は服を着ている。俺もだ。つまり、無理やり致してしまった事実はないようだ。

しかし、寝ている間に無意識に抱きしめてしまうなんて……！

慌てて離れようとしたものの、愛しい妻の身体が腕の中にある状況に未練がましく髪に顔を埋めてしまう。ああ、茜の匂いがする。

「ん、睦月さん」

くすぐったそうな声をあげ、茜が目覚めた。とろんとした表情の彼女は寝ぼけているようだ。

「おはよ」

腕の中で俺を見上げる彼女。駄目だと思ったときはもう遅かった。

俺は彼女をシーツに組み敷き覆《おお》いかぶさっていた。

「睦月さん……」

まだぼんやりしている茜はどこか甘えたように俺を見上げている。腕を伸ばして言うのだ。

「キスして」

新妻のおねだりに誰が抗《あらが》えるだろう。

俺は夢中で彼女の唇をむさぼった。結婚式の夜の優しいキスじゃない。深く熱いキスだ。互いの唾液を混ぜ合わせ、吸い合い、快楽に誘うキスだ。

しかし、このままではいけない。昨晩の我慢を水の泡にはしたくない。

俺はなけなしの理性を総動員して身体を起こした。

「ごめん、茜！」

「……おしまい？」

身体を起こし、少し寂しそうに俺を見つめてくる茜。上気した頬と乱れた襟元に、また胸がかき乱される。寝ぼけているのはわかるが、無意識に誘うような態度を取らないでくれ。

「おしまい！　今日はビーチと買い物だろう。俺はシャワーに行ってくるから」

そう言って俺は急ぎ足でバスルームへ。諸々処理を終え、時間をかけてシャワーを浴びて出ると、時差ボケなのか茜はまたぐっすりと眠っていた。さっきの大胆な態度は、やはり寝ぼけていたからなのだ。焦った。

俺が身支度をしている音で茜は起き出し、先ほどの事件などなかったように自分もシャワーを浴びに行った。

朝食は部屋に運ばれてくるのでバルコニーで食べた。エッグベネディクトやパンケーキ、新鮮なフルーツが並ぶ。

「睦月さん、あのね」

もぐもぐと朝食を食べていた茜が、紅茶を飲み、フォークを置いた。心なしか頬が赤い。

「さっきのことなんだけど、誘っちゃってごめんなさい」

俺は朝食を噴き出しそうになった。こらえて、紅茶で流し込む。

「目が覚めていたのか」

「半分くらい。でも、覚えてる……」

ちょっと不満げにそう言う。

「あのね、睦月さん。今夜も同じベッドで寝てね。ソファで寝るとか言わないでね」

ぎくりとした。実はそれを検討していたのだ。近くで眠って何かしてしまいそうなら、離れた方がいいのでは、と。見透かされていたとは。

「私は、睦月さんに何をされてもいいよ」

「きみのことは大事にしたいって言っているだろう。せっかくのハネムーンなんだから、きみと観光を楽しみたいし」

言いながら、頬が熱くなる実感がある。茜も赤い顔をしている。

「じゃ、じゃあ、睦月さんは我慢していればいいじゃない。私は睦月さんだけソファで寝るなんて嫌だから、一緒に寝たい。手を繋いだり、ハグしたりしたい」

惑わせないでくれ。そんなに可愛い誘いをかけられて、平常心でいるなんて無理だ。

もういっそ、このまま朝食を中断してベッドに連れ込んでしまいたい。茜だって〇

Kしてくれているのだし……。

いや、駄目だ。理性的な男でいたい。ここで茜の優しさに付け込んだら、なし崩しに身体ばかりを求める日々になってしまう。

少なくとも、高校時代は爽やかな王子様、仕事相手としては冷静沈着な部長として見られていたわけだ。茜はそんな俺に好感を持っているのだから、駄犬よろしくがっついて彼女に幻滅されたくない。初夜の過ちを繰り返したくないのだ。

「わかった。今夜も明日もきみと眠るよ。……でもキス以上はしない」

「キスはしてくれるんだ」

そう言って、自身の唇をふにっと触る茜に、俺の心臓はまた持っていかれそうになったのだった。

結局、その日は予定通り観光や買い物をして過ごし、夜は同じベッドで眠った。翌日、移動してホテルを変えても、俺は茜にキス以上はせず、誠意ある態度を貫いた。

オアフ島とハワイ島を回る四泊六日の旅は、終始俺の我慢の旅となったのだった。

幸せなハネムーンを終え、帰国すると、あっという間に日常が戻ってきた。

年末が近づき、俺たちはふたりとも忙しい時期を迎えていた。

「茜、今日の夕食は俺が作るから」

一緒に通勤電車を待ちながら、そう声をかけると、マフラーを巻いた茜が俺を見上げる。

「大丈夫？　睦月さんも忙しいでしょ。大宮店、年明けオープンなんだし」

「きみも同じだろう？」

なつめ屋の新店舗は年明けに、ウエストアイル大宮という新ショッピングモールに出店する。そもそも、この仕事の繋がりが俺と茜の繋がりでもあるのだ。

「きみは他にも担当している企業があるだろ。きみの部署全体が忙しい時期だって知っているよ」

「だから、夕食とか無理しなくていいんだよ。簡単にすませちゃったりもできるしね」

「今日は俺の方に余裕があるんだ。買ったものや外食ばかりじゃ栄養も偏るし、任せてくれ」

俺の言葉に茜はにっこり微笑んだ。

「それじゃあ、甘えちゃおうかな」

「ああ、きみばかりに負担をかけていたら、夫婦としてよくない」

そう答えながら、俺は腹の中で頷いていた。いい感じだ。結婚以来、茜が家事を率先してやってくれているが、俺もそれなりに家事を請け負おうと思っている。それを行動で見せるべきだと思ったのだ。

茜との距離は結婚式とハネムーンからぐっと縮まったように思う。俺はまだあふれ出る恋心を秘めたままだが、彼女への好意と大事にしたいという気持ちは伝えている。茜自身はお見合いとはいえ、一緒になった夫に対する当たり前の思いやりとして、俺を受け入れてくれるつもりのようだ。高校時代の俺へのプラスイメージも手伝って、男女の仲にも抵抗を覚えてはいない。

俺は茜と相思相愛になりたい。茜に好かれたいし、恋をしてもらいたい。だから、初夜のときのような乱暴で強引な愛情のぶつけ方はしないのだ。慎重に愛を示し、理性的で頼れる夫として愛されよう。

その日は予定通り、あまり残業もせずに帰宅をした。帰り道にスーパーに寄り、食材を買いそろえる。朝、冷蔵庫を見てきてよかった。足りないものをそろえるだけでいい。

もともと真面目で器用だという自負がある。運動神経がいいのも勉強ができるのも、そういった性質由来のもので、そんな俺がまっとうに料理に励んでまずいものができるはずはない。

レシピサイトではなく料理研究家の本を電子書籍で購入し、それを見ながら肉じゃがとお浸しと味噌汁を作りあげた。ごはんも炊き、軽く掃除をして待っていると二十二時過ぎに茜が帰宅した。

「ごめんね、睦月さん。遅くなった～」

「俺はいいんだ。でも、最近は本当に忙しいね。体調を崩さないようにしっかり食べてくれ」

肉じゃがを温め直していると、キッチンに茜が見に来る。背伸びして、鍋の中を覗き込むのだから子どもみたいだ。

「美味しそう。お腹ぺこぺこなの～」

「ほら、手洗いうがい。着替えておいで」

「は～い」

素直にぱたぱたと洗面所に向かう茜を見て、こんな日々もいいなと胸が熱くなる。

好きな女《ひと》のために料理をし、出迎える。すごく幸せだ。

俺の作った肉じゃがを美味しそうに頬張る茜は、またいっそう愛らしかった。

「睦月さん、すごい！　とっても美味しいよ。また作ってね」

「もう少しあるから、明日の朝も出そうか」

「わぁ、楽しみ。朝からお腹いっぱい食べていこう」

こんなに喜んでもらえるなら、毎日料理を作ってもいい。俺は茜の向かいでしみじみと喜びを噛み締めながら食事をとった。

食事を終え、風呂や明日の仕度などをそれぞれしているとあっという間に日付は変わり、もう深夜。夜更かしして風邪をひかせては大変なので、俺は茜を誘ってさっさと寝室に引きあげた。

「睦月さん」

それぞれのベッドに入ると茜が声をかけてくる。俺は常夜灯を消し、真っ暗になった室内で茜に応えた。

「なに？」

「い、一緒のベッドで寝たいときはいつでも言ってね」

早口の誘いが来た。俺は胸を押さえ、欲望と葛藤《かっとう》する。

「茜、あのな」

「ハネムーンのとき、一緒に寝たのが楽しかったなあって思っただけ！　おやすみなさい！」

茜はまたも早口で言い切り、布団をばさりと被る音が聞こえた。

茜は俺が多大な欲求を抱え、それを我慢していると察している。ハネムーンでも危ない瞬間が何度もあった。

おそらく、妻の役割として『発散させてあげたい』と思っているのだろう。

だが、それでは駄目なのだ。茜に甘えて、愛と欲をぶつけまくってはいけない。一方的な愛着で茜の処女を強引に奪ってしまった過去を消せない以上、大人で頼れる夫として成長しなければならない。茜に対し、理性的に接する努力を続け、茜が俺に対し同じくらいの愛を感じてくれたとき、やっと俺は茜に触れられるのだ。

「茜、おやすみ」

声をかけて俺も布団を被る。当然だが、悶々《もんもん》としてなかなか眠りは訪れないのだった。

ハネムーンから帰国し十日が過ぎ、十二月に入った。

この日は俺も茜も仕事が遅くなる予定だったので、夕食は各自でと決めていた。ここ最近何度か夕食や他の家事にも精を出していたが、やはり俺も手が回らない日がある。

そういったときはお互いに無理をしないのが、家族として長続きするコツかもしれない。

しかし、残業を終えオフィスを出ると、夕飯をコンビニで購入するのも味気ない気分になっていた。

会社近くの蕎麦《そば》屋で済ませて帰ろうか。オフィス街である日本橋で、日付が変わりそうな時刻に食べられる店を考える。ファミレスや牛丼屋になってしまうなら、やはりマンション近くの二十四時間営業のスーパーに寄ろうか。

そんなことを考えながら、地下鉄の入り口を何箇所か見送った。やはり帰ろうと踵《きびす》を返すとそこには五、六人の会社員風の人たちがいた。路地に入ったところに老舗の料亭があるので、その客だろう。

数人がタクシーに乗り込み、去っていく。それを見送る男女の会社員を見て、女性の方が茜であると気づいた。茜の会社は新橋。このあたりの料亭を使っていても別段不自然ではない。

しかし、隣にいる男性社員と並んで歩き出した茜をつい目で追ってしまう。男性社員の顔は見知っている。おそらく結婚式で挨拶をしてきた茜の同僚だ。

ふたりは俺に気づくことなく、時折互いを見て笑い合いながら歩いていく。日本橋駅の俺がいるのとは違う入り口から階段を下りていくまで、俺はそれを見送った。

仕事なのは知っている。先ほどの光景だって、明らかに接待か何かじゃないか。それはわかっているのに、茜が同僚と親しそうに歩いていくのが気になるなんて。

結婚式のときも、茜と親しげな彼の存在は気になった。茜は可愛いし、スタイルもいい。元気いっぱいなのに守ってやりたくなるタイプだ。

あの同期の男は、そんな茜を入社以来見ている。

「帰ろう」

つまらないことを考えるべきではない。そう自分に言い聞かせながらも、食欲は湧いてこず、結局どこにも寄らずに帰宅した。

マンションに戻り、茜が先に帰っていないと気づいた。駅には先に入っていったはずだ。一度会社に戻ったのだろうか。それともあの同期とお茶でもしてから帰ってくるのだろうか。

そんな埒《らち》もない想像をするな。しかし、なかなか頭から追い出せない。

俺の帰宅から三十分ほどで茜も帰ってきた。

「遅くなった～。終電ぎりぎりになっちゃった」

茜は俺が見ていたなどと知らないでのんきな声。いや、見られていたと知ったところで茜はなんのやましいこともないのだから、平然としているだろう。

俺が勝手に嫌な想像をして、苛立っているだけだ。

「おかえり。先に寝るよ」

これ以上、茜といるとあからさまに嫉妬している姿を見せてしまいそうで、俺は早々に寝室に引きあげた。そっけない俺の様子を、茜も変に思っているだろう。

それでも、今日だけは許してほしい。

ああ、茜が俺の半分でも俺を気にしてくれればいいのに。俺に恋してくれればいいのに。

結婚して、身体も繋いだのに、俺は結局いまだに片想いのままなのだ。

翌日は、なるべくいつも通りに振る舞った。茜も妙には思わなかったはずだ。

ふたり並んで家を出て、日本橋の駅で別れる。

仕事が始まってしまえば、新店舗の開業間近で俺も忙しい。少し気がまぎれるのは助かった。そもそも、いつまでもうじうじと考え続けても無駄なのだ。茜が同期と親しそうにしていたというだけで、俺が交友を禁ずるのはお門違いだ。

その日の俺の帰宅は終電で、日付が変わってからだった。遅くなるとは茜に言っておいたけれど、ダイニングにはラップがかけられたチキンソテーがある。どうやら、作っておいてくれたようだ。

「茜」

声をかけるがリビングにはいないし、バスルームからも音がしない。そっと寝室に入ってみると、窓側の茜のベッドは空だ。どこに行ってしまったのだろうと、暗い室内に視線を移動させてみて、俺のベッドが膨らんでいるのに気づいた。

近づくと寝息をたてる茜の顔が窓からの月明かりに浮かんでいた。

なぜか茜が俺のベッドで寝ている。

「茜」

ささやくように呼んだが起きない。疲れているのだろうか。

栗色の前髪を指先でのけ、その額にキスをした。

愛しい茜。俺だけのものなのに、いまだ俺は茜を手に入れられていないような気がしている。もともと俺の片想いから始まった結婚なのだ。

「茜」

頬にキスをすると、驚いたことに茜の腕がぐんと伸び、俺の首に巻き付いた。

「起きていたのか」

俺の肩口に顔を埋めた茜の表情は見えない。しかし、寝ぼけていないのはわかる。狸《たぬき》寝入りをしていたのだろうか。

「茜、離してくれるか」

「睦月さん……」

茜のかすれた声に情欲が煽《あお》られる。こんなふうに抱きつかれて、ささやかれて冷静でなんかいられない。

「何をするかわからないよ。ほら、離して」

「何をしてもいいと思って、こうしてるの」

茜が小さな声で言った。かすかに震えた声だった。

見れば月明かりに照らされた茜の顔は真っ赤だった。

「昨日と今朝、なんとなく睦月さん元気なかったから。私にできること、何かなって」

気を遣わせてしまったと気づいた。しかし、こんな行動に出るとは思わなかった。

「茜。駄目だ」

「その気にならないかな」

「え？」

「……やっぱり私じゃ、そういう気分にならない？」

暗闇の中、茜の表情が不安げに揺れる。

驚いた。俺は触れないことで余裕がある男だと証明したかった。理性的だと彼女にアピールしたかった。しかし、それが彼女を不安にさせていたとは。彼女は俺を気遣っただけではなく、不安で焦れて、誘惑するような態度を取っているのだ。

嬉しい気持ちと同時に、抑え込んでいた欲の炎が揺らめくのを感じる。

「その気になるに決まってるだろ。最初の晩みたいに、きみをめちゃくちゃにしてしまいそうなのを耐えてるんだ。きみが愛しくて……きみに触れたくて……」

言うまいと思っていた。あからさまな恋心を押し付けては駄目だ。彼女の中にほのかでも恋情が見えてからでないと、この重たい片想いは嫌がられる。

だけどもう止まらなかった。

俺は彼女をベッドに押し付け、激しく口づけた。優しくしたいのに、彼女が欲しくて欲しくてどうしようもない。舌を絡め、息すら呑み込んで、苦しそうに呻く茜を蹂躙《じゅうりん》した。

「むつき、さん！」

わずかな唇の隙間から、悲鳴のように茜が叫ぶ。俺はようやくキスを止める。しかし、あふれた想いをもう隠してはおけなかった。

「きみが好きだ、茜」

「……好き？」

「元気がなく見えたなら、きみと同僚が歩いているのを見かけて、無駄に嫉妬したからだよ」

茜が大きな目を見開く。そこに恐怖や不安があったらと思うと、苦しくて視線をそらした。

「きみと出会って三年、ずっと片想いしてきた。どうしてもきみと結婚したくて、契約のような結婚を持ち出した」

柔らかな頬を両手で包み、キスを繰り返す。頬にも額にも、首筋や胸元にも。

「好きだ、茜。好きなんだ。好きだから、きみに気持ちを押し付けたくなかったのに……」

このまま欲に任せて茜を抱いてはいけない。暴走する気持ちに歯止めをかけたのは、皮肉にも恋心を伝えてしまった自身へのショックからだった。きっと茜は困っているだろう。

俺は彼女の身体から退き、ベッドから下りた。

「ごめん」

「睦月さん……！」

茜の方を見ずに寝室を出た。鍵とスマホだけ持って、マンションを出る。コートなどは置いてきてしまったけれど、頭を冷やすにはちょうどよかった。

一時間以上歩き回り、まだ帰る気になれず、結局二十四時間営業のファミレスでコーヒーを飲んで時間をつぶした。明け方、マンションに戻ると、茜は自分のベッドで寝息をたてていた。

性欲も恋情も、まだ口にするつもりはなかった。お互いの利益のために結婚したはずなのに、相手が重たい恋情を抱えていたと知ったら、茜は居心地悪く思うに違いない。

徐々に時間をかけて、茜との関係を進展させるつもりだったのに、嫉妬と勢いで恋心を告げてしまった。

俺たちの結婚生活はどうなるのだろうか。

五　彼の気持ちを知ったから

朝、目が覚めると睦月さんはいなかった。

あの後、家に戻ったであろうことはリビングの様子でわかる。だけど、睦月さん本人がいない。

今日は土曜だが、早々に出勤していったのかもしれない。忙しい時期だし、あり得ない話ではない。私自身も明日の日曜は客先のテナント店舗を回る用事があるもの。

だけど、ゆうべの姿を考えたら、私を避けて出ていったのだと想像がついてしまう。

私はダイニングの椅子に腰掛け、ふうとため息をついた。

睦月さんが私を好きだと言った。三年、ずっと片想いしてきた、と。

しかも、元気がなかったのは、私と同僚が一緒にいる姿を見かけたから……。

確かに先日、日本橋の老舗鰻《うなぎ》屋で接待があった。接待後、同期の塔野くんと駅構内で缶コーヒーを飲んで終電で別れた。場所は日本橋だし、帰宅が遅かっただろう睦月さんが見かけていてもおかしくない。それを嫉妬していたというの？

いや、そもそも睦月さんがずっと私を好きだったなんて信じられない。

取引先の相手として再会したのは三年前、それからずっと私を？

彼には高校時代の私の記憶はほとんどないのだから、大人になってからの私を三年も想い続けてくれていたのだろうか。

「全然、口に出してくれないから……わからなかったよ」

ひとり呟きながら、心の奥では否定する。正直に言えば、私だって少しは睦月さんの気持ちを感じていた。

日々の細やかな気遣いや、見せてくれる柔らかな笑顔。その優しさはもともとの人柄なのだろうと思っていたけれど、もしかしたら、私にだけ特別に甘いのかもしれないと感じていた。

初夜が強引だったと反省し、なかなか触れてこなかったのも私を大事に扱ってくれているから。私を抱きしめ、夢中でキスしてくれる彼は、確かに男性としての欲求を感じているように見えた。

だけど、それらすべてを統合する『好き』というたったひと言を、私は昨晩初めて聞いたのだ。

「好きでいてくれたなんて」

どうしてもっと早く言ってくれなかったのだろう。今、私がこれほど嬉しく感じているのを知らずに、彼はいなくなってしまった。

ふと思った。

彼が私へ気持ちを伝えなかったのは、私が彼に対し愛情を示さなかったからではないだろうか。

私がいまだに〝夏目先輩〟〝夏目部長〟として見ていると、睦月さんが思っていたとしたら、踏み込むのは怖かったに違いない。居心地よく暮らせるパートナーの立ち位置を取り、あの熱い想いを見せるのを控えた気持ちはわかる。

「私だって睦月さんが好きなのに、伝えなかった」

高校時代の憧れはお見合いで恋に姿を変え、ともに暮らすうちに着実に愛へと変化していっている。あなたが好きだと伝えるチャンスはたくさんあったのに、言葉にしなかったのは私だ。

私もきっと怖かったのだ。

契約みたいに始まった関係を、恋の感情で覆《くつがえ》すのは。片方が拒否したら成り立たない関係だもの。

身体の快楽でごまかしてぼやかして夫婦になるには、私も彼も真面目すぎた。

だから、言わないといけないのだ。昨晩、踏み込む勇気を出してくれた彼に後悔させてはいけない。

私は立ち上がりバスルームへ向かった。手早く身支度を整え、家を出る。なつめ屋本社に向かうため。

日本橋のオフィスには来慣れているけれど、今日は休日。一般のエントランスは開いていない。オフィスの前まで来て、そもそも睦月さんはここにいるだろうかと考えた。

一応、電話をかけてみるが出ない。

避けられているのではないといいなと思いつつ、メッセージアプリを起動させる。

【会社の近くにいます。少し時間を取れませんか?】

既読もつかないので、スマホを近くに置いていないか、手が離せない状況か。

少し考えて、なつめ屋の本店に行ってみることにした。本社ビルの近くになつめ屋本店はある。江戸時代から変わらぬ立地の旗艦店《きかんてん》は、佇《たたず》まいこそ和風だが現代風の建築様式だ。上はテナントビルにしていて、サロンや企業が入っている。

店舗に入ると、すぐに女性店員が近づいてきた。

「いらっしゃいませ」

「あの、夏目睦月は今日こちらに来ていますか。妻の茜と申します」

応対した年嵩《としかさ》の女性が目を丸くし、すぐに顔をほころばせた。

「奥様でいらっしゃいましたか。はじめまして。睦月さんでしたら、先ほど開店時にお見えになって、すぐに裏手のご実家に向かわれました。社長と相談があるとのことで」

「ありがとうございます。行ってみます」

挨拶もそこそこに店舗を出た。この店の裏手、日本橋のど真ん中に夏目家はある。大きな土地を有した門扉《もんぴ》を前に、一瞬悩んだ。ご実家は結婚前に何度か睦月さんと来たけれど、ひとりで訪ねるのは初めてだ。

嫁が追いかけるようにやってきたら、睦月さんのご両親はなんと思うだろう。スマホを確認するが、やはり睦月さんはメッセージを読んでいない。お義父さんと話をしているのかもしれない。

「あら、そこにいるのは茜さんかしら」

背後からかけられた声に私はびくんと肩を震わせた。振り返ると腕を組んでいる葉月さんの姿。おそらく今一番会いたくない人だ。私を疎《うと》ましく思っている義妹……。

「どうしたの？　うちに何か用？　兄さんと来たの？」

「あの、睦月さんと出かける約束をしていて、ご実家で待ち合わせを……」

咄嗟に嘘をついてしまい、余計慌てたが、私と睦月さんのいざこざを話すわけにもいかない。すると、葉月さんはにゃーっと笑い私の腕を取った。

「それなら、家の中で待ちましょう。私が兄さんに伝えておくから」

「ちょ、ちょっと待ってください。葉月さん」

年はひとつ下だけど、私より上背のある葉月さんは、私の腕をつかんでぐいぐいと引っ張っていく。門を抜け、平屋の邸宅にどんどん入っていくと、応接間や居間などではなくおそらくは彼女の自室であろう和室に私を放り込んだ。彼女が結婚した今も生活感のあるその部屋は、頻繁《ひんぱん》に使われているように見えた。

「お茶を持ってくるわぁ。待っててね」

その不気味なほどの笑顔に、私は困った事態に陥ったのを感じた。このまま、今日は睦月さんに会えないなんてこともあり得るのではなかろうか。余計こじれたらどうしよう。

すぐに思い直す。葉月さんは関係ない。私は睦月さんに気持ちを伝えるために会いに来たのだ。

「お待たせ。これ見て見て」

葉月さんは日本茶と和菓子の乗った盆を手に戻ってきた。以前来たとき、お手伝いさんが準備をしてくれたものと一緒なので、用意してもらったのだろう。

彼女が小脇に抱えているものこそが彼女自身が準備したもののようだ。その雑誌が畳にどさどさと落とされる。拾ってみると、表紙には美しいアジア系の女性がいた。

経営雑誌のようでその女性もスーツ姿だけれど、あまりにスタイリッシュでモデルを起用したファッション誌にしか見えない。

「この人が映見利さん。兄さんの元カノなの」

ひゅ、と吸う息で喉が鳴った。そんな気はしていたけれど、やはり。

私は冷たくなった手を膝で握る。葉月さんが我がことのように自慢げに微笑んだ。

「兄さんと同じ大学で三年から卒業頃まで付き合っていたの。交際当初からモデルをしていて、卒業後はアメリカに渡ってモデルと実業家の二足の草鞋《わらじ》で頑張っていたみたい。今や、経営誌の表紙を飾る人よ。すごいでしょう」

「それは……すごいですね」

他になんと答えたらいいかわからない。私に話す内容じゃないのは間違いないのに、敢えてしているのだから悪意しか感じられない。

「すごくお似合いのふたりだった。兄さんはイケメン中のイケメンで由緒正しいなつめ屋の後継者、映見利さんは資産家のお嬢さんでモデルかつ経営者志望。……兄さんがなつめ屋の跡取りだったのが、活動の舞台をアメリカに置きたい映見利さんには足《あし》枷《かせ》だったんでしょうね。それで別れちゃった」

ぎろっとこちらを見た葉月さんの表情に笑顔はもうない。

「茜さん、兄があなたを選んだのは従順だからよ。父親が勧める、独立心が薄そうでまあまあ馬鹿じゃなく役に立つ女があなた。あなた自身が好かれたわけじゃないわ」

私はぐっと唇を噛み締めた。元カノと比べて明らかに見劣りするのは隠しようがない。しかし、睦月さんは私を好きだと言ってくれたのだ。

葉月さんがさらに声高に言う。

「私は映見利さんのような義姉が欲しかったわ。あなたみたいに胸ばかり大きくて愛《あい》嬌《きょう》勝負の狸顔の女じゃなくてね！　なつめ屋に嫁いだからって偉そうにしないでちょうだいよ。兄さんだって、あなたを妥協で選んでるんだからね」

「偉そうに振る舞うつもりはありません。私と睦月さんの夫婦関係にまで口出しをしないでください」

強く出るつもりはなかった。仮にも義妹だ。そして、話が通じるタイプにも見えない。

だけど、これ以上好き勝手言われたくなかった。

私と睦月さんにはまだ短いけれど積み重ねてきたものがあり、これからふたりで重ねていきたい日々がある。それは私たちにしかわからないものだ。

「お互いを尊重し、歩み寄り、夫婦になっていく過程にあるんです。私は睦月さんに信頼されたい。睦月さんを信頼したい。できたら、愛を育てていきたい。私たちのこれからを踏みつけにするようなことは言わないでください」

「はあ？　兄さんに愛されると思ってるの？　あなたみたいなつまらない女。映見利さんとスペックを比べてみなさいよ。恥ずかしいと思わないの？」

「元カノさんは関係ありません。私は、私として睦月さんの妻でいます」

ばたんとふすまが開いた。

そこに立っていたのは睦月さんだ。青い顔は、血相を変えてという表現が近い。

「睦月さん」

「茜、嫌な思いをさせてすまない」

睦月さんはそう言うと、畳に座っている私を抱き起こした。それから葉月さんに向き直る。

「義姉への暴言の数々、どういうつもりだ」

「真実を言っただけで怒られるなんて意味がわからない」

葉月さんは目を吊《つ》り上げたまま、ぶっきらぼうな口調で言った。兄に怒られ、納得がいっていないという子どもじみた表情をしている。

「それを真実だと思い込み、自分の思う通りにいかないなら、掻き回して踏みにじっていいと思っているその性格。改めないと、周りに誰もいなくなるぞ」

冷たい声音は兄妹喧嘩《げんか》ではない。これは睦月さんからの一方的な叱責《しっせき》なのだ。睦月さんがものすごく怒っているのが口調からも見上げた表情からも伝わってくる。

「自分の理想だからととっくに別れた女性を持ち出して、俺の大事な妻を傷つけようとしたおまえを許せない。俺は茜が好きだから結婚したんだ。見合いをしたのも俺の意思だ」

「わ、私も睦月さんが好きなんです！」

気づいたら、葉月さんに向けて叫んでいた。

「高校時代は憧れの人でした。再会して、結婚のご縁をいただいて、今では大好きな大好きな旦那様です。葉月さんは気に入らないかもしれないけど、私は睦月さんの妻の座を誰にも譲りません」

葉月さんは呆気《あっけ》にとられた様子で、なかば口を開けて私と睦月さんを見つめていた。

いきなり夫婦そろっての告白大会に巻き込まれた格好なので、ぽかんとしても無理はないかもしれない。

「葉月、またうちの妻を傷つけようとしたときは、おまえとは縁を切る。肝に銘じておけ」

睦月さんはそれ以上葉月さんと問答をする気はないようで、私の肩を抱き、ふすまを開けた。玄関まで廊下を進み靴を履いて外に出るまで睦月さんは無言だった。

「睦月さん」

土曜のオフィス街、路地を黙々と歩いた。通りかかる人は平日よりは少なく、影になった路地は寒い。睦月さんは私の手を繋いで歩き続ける。

「睦月さん、さっきの……私、話がしたくて」

「逃げてごめん」

睦月さんの歩みが止まった。冷たい風の吹く、オフィス街の裏通り。自動販売機とエアコンの室外機が並ぶ古いビルの前で、ゆっくりと振り向いた。

「片想いを、言わずにきみと結婚してごめん」

「そんなの……いいじゃない」

「重い男だって思われたくなかった。あくまでライトな関係だから、きみは喜んで結婚してくれたんだと思っていた」

私は一歩近づき、ぎゅっと両手で彼の手を握った。

「高校時代あなたに憧れていた。でも、一度手放した片想いだったから、結婚できただけで奇跡みたいだったの。あなたに好かれているかもって感じたときに、私から踏み出せばよかったのに。私も勇気がなかった」

少し背伸びして彼の身体に腕を回す。冷たい風から庇《かば》うように彼の背を撫でた。

「欲しい気持ちばかりが暴走して、何度もきみに……」

「睦月さんに求められて嬉しかった。女として欲しがってもらえるって、自己肯定感上がるんだよ。それだけで幸せなのに、心まで伝えてくれた」

彼の頬に手を伸ばす。私の手は冷たいだろうか。触れると彼はかすかに震えた。

「ゆうべ、あなたに縋《すが》り付いて逃がさないで伝えてしまえばよかった。好きです」

「茜」

「葉月さんに先に宣言しちゃったから、締まらないけど、私は睦月さんが好き。大好き」

睦月さんの腕が私の背に回される。それから強く抱き寄せられた。

「私たち、ちゃんと伝え合おう。好きだって気持ち、ずっと一緒にいたいって想い」

「茜、ありがとう。好きだ。きみのことを愛してるんだ」

睦月さんの抱擁《ほうよう》はきつく、今までのすべての感情がこもっていた。私は寄り添い目を閉じ、苦しくなるほどの恋を感じた。愛しいという気持ちには際限がないのだ。伝え合っても伝え合っても足りない。もっと与えたいし、欲しい。

タクシーで帰宅しリビングで上着もシャツも脱がせ合った。手を引かれ、ベッドへ向かうのも嬉しくて苦しいくらいだった。

肌と肌を密着させ、唇を重ね、強く思った。ああ、そうか。愛を伝え合う手段にセックスがあるのは、そういうことなんだ。言葉でも視線でも満ち足りるのに、もっと伝え合いたくて苦しいから、人間は身体を繋げるんだ。

「茜……、優しくしたい」

「いいの。私が好きなら遠慮しないで」

「煽らないでくれ」

「全部、あなたの思うようにして。私もあなたに返すから」

与え合い奪い合うのが愛なら、私もそこに溶けてしまいたい。

睦月さんの腕の中で声をあげながら、私は幸せのすべてを知ったような心地だった。

目覚めると日が傾いていた。冬の日暮れは早いので、時計を見ればまださほど遅い時刻ではないとわかるだろう。だけど、身体がけだるくて指一本動かすのも大変だ。シーツが鉄で、私の身体は磁石になってしまったみたい。なかなか布団から起き上がれない。うつ伏せの格好でシーツに頬を押し付けているだけ。

ぼやけた視界に睦月さんが映る。

「起きたかい」

「むつきさん」

「身体、痛くない？」

「平気」

額にキスをされ、くすぐったくて笑ってしまう。

「キスはこっち」

唇を差し出すと、形のいい唇を重ねてくれた。甘く優しいキスだった。

「止まれなかった、きみが好きすぎて」

「愛を感じました」

反省したように言う睦月さんを私はくすくすと笑う。

「幸せ。どこもかしこも全部あなたのものになったみたい」

「俺の全部もきみのものだよ」

互いの髪に触れ、頬に触れる。満たし合うという感覚がわかる。恋を叶《かな》えた瞬間、世界はこれほど鮮やかなのかと驚く。

「ありがとう、睦月さん。結婚してくれて」

「お礼を言うのは俺だ。結婚してくれてありがとう。俺を好きになってくれてありがとう」

けだるい身体を抱き寄せ合って、私たちは目を閉じた。ずっとこうしていたいと思った。


「睦月さん、できたよ。どうかな」

私は自分で着た訪問着姿で、リビングで待っていてくれた睦月さんの前に出る。睦月さんはぐるりと回ってみせた私を見て、立ち上がる。

「帯を少し直してもいいかい」

「え、うん。ぜひ、お願いします」

睦月さんは私が自力で太鼓に結んだ帯の形を手早く整える。さすがだ。今は営業本部長だけど、世が世なら呉服屋の若旦那だものね。着物の扱いには私よりずっと長《た》けている。

私もお嫁入りが決まって母から着付けはひと通り習ったけれど、着る機会があまりないのでまだ上手に着られているか自信がない。

「ほら、これでいい。襟も裾も綺麗に整っている。おはしょりの乱れや腰のたるみは、着慣れても起こるし、直し方がわかっていれば居心地よく着られるようになるから」

「ありがとう、睦月さん」

世間はクリスマスイブ。

先日ようやく心を打ち明け合い、両想いになった私たちは、初めて過ごすクリスマスにデートをするのだ。

「お義母さんが贈ってくださった訪問着、すごく素敵。結婚式の黒引き振袖もモダンで格好よかったけれど、さすがのセンスだね」

今日着ている訪問着は、義母が贈ってくれたものだ。薄い黄色で若々しくも上品な雰囲気。

葉月さんの私への態度を、睦月さんから聞き知ったそうで、お詫《わ》びにと贈ってくれた。

義母に気にされては申し訳ない気もしたけれど、せっかく私のために選んでくれたものを突き返すのもいけない。長男の嫁なのだし。これから着る機会も増えるかもしれないので、ありがたく受け取った。

「母が嫁入りした頃、まだなつめ屋は本店を中心に呉服屋として営業していたからね。嫁の苦労も多かったみたいだ。茜にはそういった苦労はさせたくないと言って、同居もしなくていいと言ってる。そうしたら、見ていないところで葉月が意地悪をしていたと知って、母も焦ったんだろう」

「葉月さんにはやっぱり嫌われてるみたいね」

苦笑いする私に、睦月さんは首を振る。葉月さんの顔を思い浮かべている様子だ。

「あいつなりに色々と気に食わないことが多いんだろう。夫とは性格が合わないようだし、子どもを望んでもなかなか授からない。さらにはうちの父がそれを無神経に急かすものだから、余計イライラしている。それでも茜にあんな態度を取るのは酌量《しゃくりょう》の余地なしだな」

葉月さんにはこの前、はっきりと私たち夫婦に口出しをしてほしくないと伝えた。しかし、あれだけの気性の人がおとなしくなるだろうか。今はある程度距離を取って過ごすしかないと思っている。

少なくとも義母は私に気遣いを見せてくれているのだし、睦月さんのご家族とうまくやっていきたいのは本音。

私なりに頑張って、認めてもらおう。

「うちの実家のことでは嫌な思いをさせてごめん。正月の挨拶は一応行くけれど、葉月とは顔を合わせないようにするから」

「大丈夫。気にしないで」

私は笑顔を見せる。睦月さんは真面目なのだ。負い目を感じてほしくない。

「今日はデートを楽しもう」

着物で出歩く機会は普段ない。だから、クリスマスムードの街で、着物に長羽織、襟巻を巻いて出ると、なんだかすごく新鮮だった。こうして気にしてみれば、街中には着物を着ている人が男女ともに結構いるなと感じる。着物が好きな人は、自分で普段着としてぱぱっと着てしまうのだろう。とてもおしゃれで、格好いい。

睦月さんはジャケットにテーパードパンツ姿。私をエスコートするように歩いてくれる。

「今のカップルいいね」

通り過ぎた若い女の子たちの声が聞こえる。

「男の人、かっこよ。女の子、着物可愛い～」

「自分で着付けできるの、憧れるわ」

「クリスマスに着物デートとかいいなぁ」

恥ずかしくて照れ笑いしながら睦月さんを見上げる。

「睦月さんが仕上げをしてくれたなんて、彼女たち、思いもよらないよね」

「いやいや、茜ひとりで着られていたよ。それによく似合ってる」

「睦月さん、イケメンって言われてた」

歩きながら、睦月さんは少し居心地悪そうな苦笑いを見せた。

「今だから言えるけど、学生時代は結構嫌だったよ。王子様とか言われるのも、過大評価されて人気者扱いされるのも」

「実際人気者だったと思うけど」

「全部、たまたまだよ。生徒会長だって頼まれて生徒会に入って順当に上の役職についただけ。部活の部長もそう。運動神経はまあまあよかったけど、全国一位になれるような才能はないし、勉強については、人より少し真面目にやったってだけだ」

力を込めて弁舌する睦月さんに少し笑ってしまう。どうやら、逆コンプレックスのような感情がありそうだ。

「中身は普通なんだよ。好きな子に好きって言えなかったり、みんなにニコニコするのに疲れていたり。あと中学高校時代はわざと彼女も作らなかったんだよ、俺」

「そういえば、夏目先輩が誰かと付き合ってるって情報は聞いたことなかったなあ」

「喧嘩になるからだよ。誰かを選ぶと選ばれなかった子が泣くし怒るし。そうなると友情とか集団の和が崩れるだろう。それなら『恋愛は興味ない』って言っておいた方が楽だった」

なるほど。モテる人間にはモテる人間の苦労があるのだ。しかし、特定の恋人がいないせいでいっそう〝夏目先輩〟は憧れの的に祭り上げられていたようにも思う。

そして、そんな彼が表立って恋愛をした相手が大学時代の元カノさん。大学時代は詳しく知らないし、もしかしたら他にもそういった女性がいたのかもしれない。だけど、葉月さんがあれほど気に入っていた映見利さんという女性の存在は私の心に棘《とげ》みたいに引っかかっている。

「あの頃、茜の存在を認識していたら、俺は好きになっていたかもしれない。そうしたら何か変わったかな」

「いやあ、ないない。ないよ、睦月さん」

私の全否定に睦月さんが目をむく。なんで？という顔をしている。

「まず、睦月さんはモテすぎてそうやって周囲に線引きをしていたから、私を認識してもその他大勢の後輩女子として恋愛対象になんかしなかったはず」

睦月さんが、うっと痛いところを突かれた顔をする。なにしろ、彼が自分で言ったのはモテの苦労ゆえの他者への無関心だ。

「私は大人になって睦月さんと再会できてよかった。モブの後輩女子じゃなくて、ひとりの仕事相手として、女性として見てもらえる機会があったんだもの。だから、私を好きになってくれたんでしょう」

私は微笑む。彼を責めたいわけじゃない。我儘《わがまま》で傲慢《ごうまん》だなどとも思わない。だって、睦月さんはそれなりに悩んで学生生活を送ってきたはずだもの。人にはそれぞれ自分だけの悩みがあるのだろう。

「父の会社だけど、会社員になって大人はずいぶん楽だと思ったよ。少なくとも愛想をふりまかなくても、仕事をきちんとまっとうすれば評価される」

「だから、〝夏目部長〟と〝夏目先輩〟にはギャップがあったんだね」

私は少し背伸びする。耳打ちしたいのは伝わったようで睦月さんが右側に身体を傾け、耳を近づけてくれた。

「私は王子様な夏目先輩も、ちょっと厳しい夏目部長も好き。でも、私だけの旦那様の睦月さんが一番好き」

「茜……そういう可愛いことを……」

「本当だもの」

赤い頬をしている睦月さんの方が可愛い。大好きと何度だって言いたい。


ふたりでレストランで食事をし、公園を散歩してから、隣接のクリスマスマーケットを回った。オーナメントを購入して、ホットワインとザワークラウトをのせたソーセージも楽しんだ。

夕暮れどきにイルミネーションを眺める。人が多くて歩くのも大変だったけれど、睦月さんが庇うように歩いてくれるので安心だった。

「夕食、仕込んできてよかった。結構疲れたし、帰ってから作るの大変だったわ」

「シチュー、楽しみだね。あとは、帰り道にケーキを受け取ろう」

ふたりきりの初めてのクリスマス。好きな人と過ごす特別な日なんて考え方は、古いかもしれないけれど、やっぱり嬉しいものだなと感じる。ふたりで眺めるツリーもイルミネーションも胸がわくわくするものだ。

「茜、これ」

睦月さんが私の手に箱を乗せる。

「クリスマスプレゼント」

「え。そんないいのに」

包装はされていないアクセサリーケースの中にはネックレスが入っていた。シンプルなデザインで、誕生石のエメラルドが入っている。私が好みそうなものを選んでくれたのだろう。

「私、何もお返し用意してないよ」

「茜がいてくれるだけで、俺には充分なお返しだよ」

「もう……。ありがとう、睦月さん、すごく嬉しい」

睦月さんが私の耳元でささやいた。

「帰ったら、そのネックレスをつけてみて。俺が着物を脱がせてあげるから」

後半のささやき方がすごくエッチな雰囲気で、私は人混みの中で赤面してしまった。

「睦月さんの意地悪」

「何を想像したの？　茜は可愛いね」

睦月さんの用意してくれた紙袋にネックレスの箱を入れ、私は照れ隠しに睦月さんの手の甲をつねった。睦月さんは笑っていた。

ツリーを見ている人たちは、皆幸せそうで、不安なんかなさそうな表情をしていた。

私もそう。幸せで不安なんかない。元カノの女性のことをちょっとでも気にしてしまった自分が恥ずかしい。

情熱的に真摯に愛してくれる睦月さんの気持ちを信じなきゃ。

そう思う聖夜だった。

六　両想いの甘い時間をきみと

　年が明け、俺と茜が携わっている仕事がひとつ結実した。ウエストアイル大宮店のオープンである。なつめ屋もテナント店を入れているので、俺もそれなりに忙しかったが、ウエストアイル側の茜はもっと多忙だった。

　正月休みが終わり、オープンまでの二週間はすれ違いの生活だった。互いに寝顔しか見られないような日もあったけれど、なるべくメッセージアプリなどで連絡を入れ、気遣い合った。

　この時期を乗り越えられたのは、年末に俺と茜が両想いだったと確認できたからだろう。

　俺の恋心を嫌がるどころか受け入れ、自分も好きだと言ってくれた茜。形だけの夫婦ではなく、恋愛感情で結びつきともに暮らしていこうと約束をした。

　だから、少しくらい忙しくてすれ違いの日々でも耐えられた。

「睦月さん！」

　この日は、ウエストアイルのオープンから三日目。忙しい茜が久しぶりに定時帰宅をすると言うので、俺も一生懸命仕事を終わらせた。帰宅してきた茜は、玄関先で俺にぎゅうっと抱きついてくる。俺はひと足先に家に戻って、炊飯器に米をセットしたところだった。

「ほら、茜、買い物に行くんだろう」

「待って、今、睦月さんの匂いで安心しているところだから」

そう言って、俺の胸に鼻っ面をこすりつけ、頬擦りまでしている。これで煽っているつもりがないのだから恐ろしい。俺はいつだってあふれだす愛欲の感情を制御しなければならないのだ。

並んで近くのスーパーに買い物に向かう。茜が手を差し出してくるので、しっかりと握って歩いた。今まで付き合った女性と手を繋いで歩いた覚えはない。そういったべたべたした関係は格好悪いと思っていたのかもしれない。しかし、こうして茜と手を繋いで歩くのは、幸せで嬉しくてあたたかな気持ちになる。

「夕飯、何にしようか」

「スーパーに行ってみてだな」

俺の返事に茜がふふと笑う。

「睦月さん、すっかり家事に慣れたね」

夕食を担当することも増えたので、スーパーに行き慣れただけだ。

「まだまだだよ。冬場の夕食はつい鍋物に頼ってしまうし」

「いいじゃない。お鍋なら野菜もタンパク質も摂れるよ。締めを何にしようって考えるのもわくわくする。何より、ふたりでお鍋をするのが楽しい」

「そこまで言われたら、今夜も鍋になってしまうよ」

「うんうん、お鍋食べたくなってきた」

いつか茜が妊娠出産するなら、そのときは俺が家事全般を引き受けるつもりでいる。そんな話をすれば、茜はプレッシャーに感じるかもしれないので言わないけれど。

「茜、本当にお疲れ様。次の週末はゆっくりできそう？」

「ん～、大宮店の週末の人の入りをチェックしてくるかなあ。プライベートでだけど」

「それなら、俺も付き合うよ。俺もなつめ屋の店舗に行くから」

俺の提案に茜が顔をほころばせた。

「半分お仕事で、半分デートだね」

「全部デートならよかったんだけれど」

「それは今してるから大丈夫」

どんなときも朗らかでプラス思考の茜といると、救われるような気持ちになる。見た目より小心者でマイナス思考な俺にとって、茜は照らしてくれる太陽だ。隣にいてくれるだけで、居心地よく満たされる。

「よし、それじゃあ鍋の材料をたくさん買って帰ろう。鶏団子とタラだったらどちらがいい？」

「鶏団子がいいなあ。締めは雑炊で、卵を落としたい」

「いいね、そうしよう」

風に負けないように繋いだ手に力を込め、俺たちは見えてきたスーパーに向けて歩調を速めた。

週末は、約束通り茜と新店舗へ出かけた。実家の車を使おうかとも思ったけれど、茜が電車でいいと言うのでそうした。

先週オープンしたばかりの大型ショッピングモールは賑《にぎ》わいを見せていた。多くの店がオープンセールや購入特典を設けているので、どこの売り場も盛況だ。家族連れや若者のグループ、年配の夫婦など客層も様々である。

「ちょっと私、担当店舗を見てくるね」

ぐるりと全体を見て回った後に、予定通り茜は別行動で出かけていった。俺もなつめ屋の新テナントに顔を出すため移動する。

レディースファッションフロアにおいては少し奥まった場所になつめ屋の店舗はある。隣はミセスファッションの店だし、客の動線としては一番の立地ではない。

しかし、着物を購入する客は、ある程度買う意思を持って店舗にやってくることが多い。成人式向けの晴れ着や卒業式向けの袴《はかま》は何年も前から予約が入るし、着物を日頃から着る人はここになつめ屋があると認知すれば購入やケア目的で来てくれる。必ずしも好立地で集客する必要はないのだ。

他店舗では、浴衣などのシーズン衣料はウエストアイル側と協力し、目立つ場所にマネキンを設置し、特設売り場などを開設している。

このテナント位置を決めるときも、茜と話し合ったな、などと懐かしい気持ちだ。

あの後すぐに見合いをしたのだった。

店舗に行くと、逆井さんが家族連れで来ていた。彼も店舗が気になったのか、休日にやってきたようだ。

「睦月さん、仕事熱心ですね」

「それは逆井さんもでしょう」

俺は逆井さんのご家族に挨拶をして、あらためて彼に向き直る。

「大井さん……奥様も一緒ですか？」

「ああ、今担当店舗を回っていますよ」

「大井さんはさぞお忙しかったでしょう。睦月さん、労《いた》わってあげてくださいね」

逆井さんに言われ、俺は照れ臭い気持ちで頭を掻いた。

そうだ。大きな仕事が一段落したのだから、もっと茜を慰労《いろう》してあげたい。ハネムーン以来、旅行なども行っていないのだし、両想いの甘い旅をあらためて計画するのもいいのではないだろうか。観光は二の次の、部屋でべったりな旅行も今なら……。

「睦月さん、店長の手が空いたようなので、行きましょう」

「え、ああ。そうですね」

妄想の世界に羽ばたきそうな気持ちを仕事に戻す。茜の希望も聞いてみてからにしないと。

その後は、一時間ほど店舗の人の流れをチェックした。ベテランスタッフを配置しているので接客は安心だ。案の定、なつめ屋の他店舗を利用しているという老婦人や、数年後の成人式の振袖を注文しに来た女子高生とその母親、孫の七五三の着物を見に来た初老の夫婦などで店は活気づいている。

初めての休日にしてはいい流れなのではないだろうか。

店長の女性と逆井さんと少し話し、なつめ屋から出た。逆井さん家族はフードコートで昼食を食べて帰るそうだ。俺も茜と合流しようかと思いつつ、まだ仕事中なら気を遣わせると考えた。どこかで時間をつぶしていようか。時刻は昼時、フードコートは混んでいるのでやめ、一階のカフェやレストランが立ち並ぶあたりにやってきた。

しかし、どこもものすごい人で行列ができている。クレープやアイスクリームの店舗はカウンターなどのスペースがあるが、食べたいわけでもないし、人を待つには向かないだろう。

ぐるりと回って戻ると、先ほど通り過ぎたカフェのカウンターがちょうど空いたのを見つけた。あそこにしよう。コーヒーを飲みながら、茜にメッセージでも送ればいい。

しかし、店内に入って気づいた。奥の座席に茜がいるのだ。向かいの席にいるのは、あの同僚の男性だ。

どうして、休日にこんなところにいるのだろう。彼もまた、仕事の一環でここに来ているのだろうが、茜とふたりきりでカフェにいる事情があるのか？

彼が茜を誘ったのだろうか。そうだとしたら倫理的に不信を覚えるし、それについていってしまう茜も……。いや、茜は同僚と仕事の打ち合わせのつもりでいるのかもしれない。しかし今日は休日である。

レザージャケットにチノパンツをはいた細身の彼は、どう見てもプライベートの格好だ。顔立ちはなかなか整っていて、人気バンドのボーカルに似ている気がする。きっと女子はああいったクールでおしゃれな雰囲気の男を好むに違いない。

結局俺は、ふたりがこちらに気づかぬうちに店を出た。ショッピングモールの外に出ると、屋外の芝生にはいくつか子ども向けの遊具が設置され公園のようになっている。冬の日差しの下でも、元気な子どもたちの甲高い声が響いていた。

ベンチは子を見守る親で満席だったので、その近くの自動販売機でコーヒーを買い、立ったまま飲んだ。

【こちらは終わったよ】

茜にメッセージを送った。仕事だろうと気にしてメッセージを送らなかった自分が馬鹿みたいだと思った。なぜ、茜は俺を差し置き、同僚男性とカフェにいたのだろう。

こんなつまらない嫉妬をしたくないのに、胸の奥がどす黒く染まって苦しい。茜は俺の妻なのに。

間もなく茜から返信がきた。

【私も終わってます。合流しよう】

平然としたメッセージの内容にかすかに苛立った。俺はすかさず返信する。

【急いでいないので、ゆっくりでいい。きみに他の用事があるなら先に帰るよ】

返しておいてあまりにいじけた言葉だったと自分が嫌になった。何より、これでは彼女が同僚といるのを見たと言っているようなものではないか。

すると数分と経たずに電話がきた。取ると、茜の急いだ声が聞こえる。

『睦月さん、今どこ？』

「……外の公園みたいになっているところ」

『帰らないでね。私、そこに行くから』

茜は言葉の通りにあっという間にそこに到着した。焦った様子で俺に歩み寄ってくる。

「帰るなんて、どうして。私、終わったって言ってるじゃない」

困惑した表情に、つい俺は言葉を詰まらせた。なんと言えばいいだろう。

「もしかして、私が塔野くんと一緒にいるところを見た？　仕事中だと思ったの？」

「まあ、そうだよ。……休日なのに、コーヒーを飲んで打ち合わせをしなければいけないことがあるのかなと」

返す言葉の卑屈さが恥ずかしくなる。このままではいけない。俺は頭《かぶり》を振って、茜に言った。

「悪い。少し嫉妬してしまった。感じの悪い言い方をしてごめん」

茜はわずかに目を見開き、それから慌てたようにペコリと頭を下げた。

「私こそごめんなさい。半分仕事だけど、半分は睦月さんとのデートだったのに、あなたをそっちのけで同僚とお茶しているなんてよくなかった」

「仕事なら、本当に俺は気にしなくていいんだ。勝手に嫉妬してダサいだろ」

「ダサくなんかない」

茜が一生懸命に俺を見つめて言い募《つの》る。

「好きだから嫉妬したんでしょう。嫉妬させてごめんなさい。仕事じゃなかったの。だから、余計に塔野くんの話に付き合うべきじゃなかった」

それはどういう意味だろう。やはりあの塔野という同僚は茜に気があるのだろうか。プライベートで誘うくらいに。

茜は眉をひそめ、ふうと息をついて言う。

「塔野くん、後輩の子と付き合い始めたんだけど。……あ、結婚式で挨拶をした加藤さんっていう女の子ね。今日は私たちみたいに、仕事半分デート半分でここに来たんだって。それで喧嘩しちゃったらしくて」

「え、そうなのか」

「店舗回りが終わって睦月さんに連絡しようと思ったら、ちょうど加藤さんと喧嘩したばかりの塔野くんと会ったの。言い合いになって、加藤さんが怒って帰っちゃったんだって。塔野くんも最初は怒ってたんだけど、話しているうちに落ち着いてきて、これから加藤さんに謝りに行くことになったんだ。ふたりとも大事な同僚だから、放っておけないって思っちゃって……」

そういった事情で、茜は同期といたのだ。嫉妬を見せるだけで恥ずかしいのに、それが勘違いだったのだから余計に気まずい。

「そうとは知らずに、ごめん」

「違うって。私が先に睦月さんに連絡すればよかったんだよ。今日は睦月さんといる日なのに、同期を優先させた私が悪いでしょ。睦月さんが謝るところじゃないよ」

茜が俺の手を両手でぎゅっと握ってくる。

「待たせちゃってごめんね。ひとりにしてごめん」

大きな目で真剣に俺を見つめる茜。今すぐ抱きしめたいと思った。人が多く通る場所なので実際にはしないけれど、茜が愛おしい。

「俺、すごく独占欲が強いみたいだ。きみが仕事仲間といるだけでイライラしてしまって、恥ずかしいよ」

「睦月さんの奥さんなんだから、どんどん独占して。仕事関係でお互い異性と関わるのは避けられないけれど、気持ちの上ではいつだって睦月さんだけの私だよ」

ああ、本当にキスをしたい。

だけど、ここではできないので俺は茜の手を強く握った。

「デート、再開しようか」

「うん。お昼食べられそうなところはどこも混んでるから、少し時間をずらさない？

それまで買い物をしようよ」

「そうだね。書店やインテリアの店もあるし」

ふたりで手を繋いでモールを歩いた。お互い仕事の関係者に会う可能性は充分あったけれど、俺たちは夫婦なのだ。仲睦まじく歩いたっていい。

ショッピングモールでの視察とデートを終え、俺たちが帰宅したのは夕方だった。

「あのね、睦月さん。来週、お誕生日でしょう？」

コートをハンガーにかけながら、茜が言う。

「お誕生日にケーキ用意してもいい？　遅くなるなら、別の日にするけど」

「ああ、その日は早く帰れるようにするよ。祝ってくれるの？」

「うん、ふたりで暮らすようになって初めての睦月さんの誕生日だから、ちょっと張り切りたいんだ」

二十九歳の誕生日は、大好きな妻と過ごせる。それだけで俺には何物にも代えがたいプレゼントだった。

「気を遣わなくていいからね」

「私がしたいんだってば」

茜は俺の元にちょこちょこと寄ってきたかと思うと、いきなりぎゅうっと抱きついてくるので、俺は嬉しいのと焦りで変な笑顔になってしまう。

「茜？」

「あのね、えーと……ウエストアイル大宮の件が一段落したら言おうと思ってたんだけど……」

茜は俺の胸に顔を埋めて、しばし呼吸を整えている。それからぱっと俺を見上げた。

「赤ちゃん……考えてみるのはどう？」

俺は目を見開く。仕事が大好きで頑張っている茜が、妊娠を考えてくれている。

「それこそ、無理をさせていないかい？　妊娠と出産を頼みたいと言ったのは俺だけど、急がせるつもりはないんだよ」

「正直に言えば、打算的に仕事との兼ね合いを考えて提案してる。次の新店舗の予定はまだずっと先だし、今がチャンスかなって思った部分は大きい。夏目家の跡継ぎについては考えるべきだと思うし、すぐに授かるかもわからないんだから、チャレンジは早めにした方がいいんじゃないかな」

茜は慎重に言葉を選んでいるようだが、すぐに顔をふにゃっと笑顔に崩した。

「何よりも、私が睦月さんの赤ちゃんを産みたいんだ」

「茜……！」

感極まって、俺は茜をきつく抱きしめた。茜が苦しそうに呻き、俺の背中をどんどんとたたく。

「ご、ごめん！」

慌てて抱擁を緩めると、真っ赤な顔の茜が「苦しかった～」と笑っている。

「睦月さんの夢中になると手加減できなくなっちゃうの好き」

「ごめんってば」

「でも赤ちゃんができたら優しく抱きしめてね」

笑う茜に、俺も笑ってしまった。

「約束する。赤ちゃんもきみも優しく抱きしめるよ。ありがとう茜」

キャリアを中断して妊娠出産に挑む覚悟を決めてくれた茜に、感謝と喜びで涙が出そうだった。

「睦月さん、キスしよう」

背伸びしてくる茜を抱きしめた。髪に指をすき入れ、身体をきつく密着させる。

「茜、好きだ」

「睦月さん、私も」

重ねた唇はとびきり甘くて、今日の嫉妬だって溶かしてしまう。未来を考えれば、眩《まぶ》しいほどだ。言うまでもなく、ハグとキスだけでは済まないのだった。

誕生日当日、俺は茜に大きな花束を買って帰った。

「ちょっと、睦月さん。なんで花束?」

笑う茜に手渡す。俺もおかしいと思う。自分の誕生日に妻に花を買うなんて。

でも、俺のために妊娠出産を覚悟してくれた茜に気持ちを込めたものを贈りたかったのだ。それを口にするのが恥ずかしいので、俺は茜の手に花束を押し付けながら言った。

「誕生日のお祝いだから、飾りがいるかと思って。それだけだよ」

「確かに食卓が華やかになるね」

茜は無邪気に笑って、家で一番大きな花瓶に花束を活け、ダイニングテーブルに飾った。テーブルにはすでにごちそうが並んでいる。

「子どもみたいなメニューでごめんね」

エビやソーセージのフライやハンバーグ、グラタンにポテトサラダなど、確かに子どもの誕生日会で出てきそうなメニューだが、どれも美味しそうだ。

「仕事から帰って作ってくれたんだろう？」

「頑張ったのは揚げ物だけだよ！　ほとんどは昨日と朝に下準備しておいたから」

そう言って茜は冷蔵庫からケーキを取り出してきた。小さなフルーツタルトは、以前から気になっていたというマンション裏手のパティスリーに予約しておいたそうだ。

さらにはテーブルにはリボンがかけられた箱がある。

「これって」

「えっと、オーデコロン。ほら、私の担当先だから」

確かにその有名なロゴは、茜がテナント担当をしているブランドのものだ。ちょうど、今使っているものがなくなりそうだとは思っていたけれど、よく見てくれている。

「今使っている香水と香りの系統が一緒だから、使いやすいんじゃないかなあって思ったの。新作で、クリスマス商戦だと品薄になるって店舗の担当に聞いて、かなり前に用意しちゃってたんだぁ」

「そうなんだ。すごく嬉しいよ。茜、色々と気を遣ってくれて、ありがとう」

「私が好きな人の誕生日を祝いたいだけなの。気にしないで」

私のときも期待してるから、なんてうそぶいて茜は食事の仕度を整えてくれる。そんな彼女を今すぐ抱きしめたいと思った。だけど、抱きしめたら最後まで止まれなくなってしまう。彼女の手料理を冷めさせるわけにはいかない。俺は精一杯我慢をして、食事の準備を手伝った。

料理とケーキを、お腹いっぱいになるまで食べた。茜が張り切って作ってくれた分、量も結構あり、食後はふたりともしばらく動けず、ダイニングテーブルについて他愛のない話をし続けた。仕事の話だけじゃなくて、子どもの頃の話や同じ学校に通っていた頃の話。話が尽きなくて、楽しくて仕方ない。

一緒に時間を過ごすほど、彼女以上にぴったりと合う女性はいないと思える。最良で最愛の茜。愛しくてたまらない。

「睦月さん！」

突然、茜が思い切った様子で俺を呼んだ。ちょうど会話が途切れ、次の話題を振ろうとしたタイミングだった。

「なに？　茜」

茜は立ち上がり、俺の隣までやってくる。背が低い彼女は、俺の横に立っても顔が近い位置にある。もじもじしていると思ったら、俺の首に腕を回して抱きしめた。

「一緒に……、お風呂に入りませんか？」

よほど覚悟を決めての言葉だったようで、視界にある茜の首筋は真っ赤だ。顔は見えないけれど、もっと赤くなっているだろう。

そして、その誘いの意味を知って、俺もまた赤面していた。帰り着いた瞬間から、ずっとずっとこうして茜を抱きしめたかった。

「俺の下心、バレてた？」

「睦月さんだけの下心じゃないよ。私にだって、下心くらいあるもの」

抱擁を緩め、顔を覗き込んできた茜は、想像通り紅潮した顔をしていた。真剣な決意と、揺らめく情欲を感じる。

「睦月さんとしたいよ」

恥ずかしさに耐え、ねだってくれる茜に、どうしようもなく身体が疼いた。愛しいという気持ちでは表現しきれない。

「赤ちゃん……、考えていいんだよな」

「うん。睦月さんの赤ちゃんが欲しい」

俺は立ち上がり、茜の小柄な身体を抱き上げた。驚いて「きゃ」と声を漏らした唇をキスでふさぐ。それから、彼女の要望通りバスルームに向かった。

「一番のプレゼントは茜になってしまうね」

「もうとっくにあなたのものだけど、私でよければ、どうぞもらって」

甘い吐息を交わし、俺たちは再び唇を重ねた。


三月末、俺と茜の結婚生活は五ヶ月目に入った。

平日はともに出勤し、先に帰った方が夕食を作る。休日はふたりで出かけたり、家でまったりと過ごしたり。

幸せでとろけそうな新婚生活だ。

仕事は忙しいが、私生活は順風満帆。妹の葉月も最近は静かなものだ。

学生時代の友人の何人かには結婚を報告したが、余計な詮索《せんさく》を招きたくないので高校の後輩だったとは言っていない。茜は高校時代の友人に俺と結婚したと伝えたそうで、茜曰く『最初は信じてもらえなかった』とのことだ。

俺としては、新婚生活を邪魔されなければなんでもいい。

俺は茜にだけ格好いいと思われたいし、茜の可愛さは俺だけが知っていればいい。外野はいらないのだ。俺と茜がいればそれでいい。いささか独占欲と執着が強い自覚はあるが、茜が可愛すぎるので仕方ないのだ。

「睦月さん、それじゃあ今日は遅くなるから」

出勤の道すがら茜が言う。年度末の忙しい最中《さなか》、今日茜は出張である。

「ああ、神戸《こうべ》だったたね」

「日帰りだけど、新大阪《しんおおさか》発が最終の新幹線だからなあ」

関西に新店舗の計画があり、着工はまだ先だが、茜たちのコンテンツ部も徐々に動き出しているようだ。なお、なつめ屋は関西に出店の予定はないので、今回の新ショッピングモールには参加しない。

「無理しないでくれよ。あまり顔色もよくない」

結婚当初より少し伸びた髪の毛を撫でる。茜は無邪気な表情で見上げてきた。

「元気いっぱいだよ。でもありがとう、睦月さん」

茜があまり朝食を食べられていないのも見ている。もしかして、かなり疲れているのではないだろうか。ただでさえ、年度末はどこの企業も忙しいだろうに、日帰り出張まで入ってくるとなると少し心配だ。

いつも通り日本橋で別れ、俺は職場へ。茜は地下鉄を乗り継ぎ、新橋の本社に出勤していった。

その日の日付が変わる頃である。俺は明日の仕事の準備をしながら起きて待っていた。

茜はもう東京駅についているだろう。疲れているなら、無理して電車で帰らずに、タクシーを使ってほしいものだ。

すると、スマホが振動し始めた。茜からの着信だ。

「もしもし、茜?」

電話に出ると、弱々しい茜の声が聞こえてきた。

『睦月さん、ちょっとごめん』

「どうした?」

声の異変に俺は背筋がぞっとする。

『眩暈《めまい》がして、動けなくなっちゃって。今、東京駅の救護室にいるの』

「すぐに迎えに行く！」

叫ぶように答えていた。すると、電話の相手が替わった。駅員のようだ。

『ご家族の方ですか？　意識のない時間がありまして、救急車を手配したのですが断りますか？』

おそらく、茜の容態を見て駅員か周囲にいた人間が呼んだのだろう。茜の意識ははっきりしているようだが、なぜそんな状態になってしまったのか不安だった。疲労だと思っていたが、実は何か他の病気だったらよくない。

「いえ、救急車に乗せてください。僕がそちらに到着するまで時間がかかるかもしれませんし、容態が変わると困るので」

『わかりました』

搬送先の病院は救急隊員から連絡がくるそうだ。

電話を切ると立ち上がり、まずは着替えた。仕度を整え、連絡を待つ。やはり体調が悪いのを見過ごすべきではなかった。自責の念を覚えているうちに連絡がきた。

都内の病院にタクシーで向かうと、茜は救急センターの処置室のベッドで休んでいた。

「茜」

「睦月さん、ごめんね」

俺を見て上半身を起こそうとする茜を押しとどめる。ちょうど、医師が顔を出した。

「ご主人ですか？」

「そうです。眩暈を起こしたそうですが、詳細の検査は別の日になるのでしょうか」

慌てた様子で尋ねる俺に、医師は首をかしげる。

「血液検査と尿検査はしました。レントゲンはご本人の意思で撮っていません」

「異常は？」

「睦月さん、あのね」

茜が慌てた様子で、俺と医師の会話に割って入ってくる。

するとと、医師がぺらりと小さな紙をよこした。

「ご本人に心当たりがあるということで検査しました。六週目ですね」

それは超音波検査の写真だ。扇形の白黒写真の中央に小さな楕円《だえん》があり、その中に白い豆粒のような塊《かたまり》がある。

「これって……」

驚愕《きょうがく》で目を見開く俺に、茜が泣き笑いのような顔で言った。

「赤ちゃん……！」

驚きと喜びで顔を見合わせる俺たちに、医師が平然と言った。

「眩暈は妊娠初期の症状でありますからね。おめでとうございます」

俺は今すぐ抱きしめたい気持ちをぐっと抑えた。茜も俺に飛びつきたいような顔をしていた。


診察後、茜の体調が回復してきたこともあり、ふたりで並んで病院を出た。時刻は深夜二時。病院前にはタクシーの姿もなく、配車アプリに頼って車の到着を待った。

病院前の桜のつぼみは膨らみ、来週には咲き始めるだろうといった様子。俺は春の夜空を見上げ、ほおと息をついた。隣にいる茜の手をぎゅっと握る。

「茜のお腹に赤ちゃんがいる」

茜が頭を俺の肩にもたせかけてくる。茜とは身長差があるので、肩というより腕に頭をくっつけている格好だ。

「うん、睦月さんと私の赤ちゃん」

「気づいていたのか？」

「もしかして、とは思ったけれど、あんまり早く検査してもわからないって聞いたから。私、月のものが不順だし、いつ検査したらいいのかなあくらいに思ってた。でも、こんなに強い眩暈が起こるなんて思わなかったよ。立っていられなくて膝をついたら、周りの人が駅員さんを呼んでくれたの。心配かけてごめんね」

俺は重ねた手を外し、代わりに彼女の肩を守るように抱いた。

「ずっと体調が悪かったんだろう。早く相談してくれよ」

「もし、妊娠じゃなかったらがっかりするかなって。ぬか喜びさせたくなかったの」

「頑張りすぎは駄目だ。妊娠したんだから、余計に。これからは、ひとりの身体じゃないと思って行動してほしい」

俺の懇願に、茜が神妙な顔になり、深く頷いた。

「うん。気を付ける。私が守らなければならない命だから」

俺も守る。茜とお腹の子を。

今はまだ現実感の薄いふわふわとした喜びでいっぱいだけど、徐々に父親としての自覚を育てていこう。茜に頼りにしてもらいたい。

「……嬉しいね、睦月さん」

「ああ、嬉しい。感動で涙が出そうだよ」

「もう、涙は赤ちゃんが生まれるまでとっておきなよ」

そう笑う茜も泣きそうな顔をしていた。俺は茜の身体を抱き寄せる。そっと柔らかく、傷つけないように。

「ふたりで赤ちゃんを迎える準備をしていこうな」

「うん、秋には生まれるんだもんね」

タクシーが来るまでの時間、春の気配を感じながら俺たちは新しく迎える家族に思いをはせた。


茜の妊娠については、安定期に入るまでは家族以外には言わないようにしようと決めた。後継者を期待しているだろう俺の実家には早めに言った方がいいと茜が言うので、翌日には父である社長の元を訪れた。始業前の時間、父は紙の新聞に目を通している。

「どうした、睦月。朝からめずらしいな」

「父さん、報告があります。茜が妊娠しました」

率直な報告に、父が新聞から顔を上げた。

「まだ初期なので、母さんにしか言わないでほしいんだ」

付け足して言うと、父は笑顔になった。作り笑いではない、本当に喜んでいる表情で、俺もホッとする。

「それはよかった。男子だったらいいが、女子でもいいぞ。今は女社長だって有りだ。企業イメージがいいからな」

「気が早いよ、父さん」

「で、茜さんはいつ退職するんだ？」

何の気なしに放たれた父の言葉に俺は固まった。

「そんな話にはなっていないよ。産休と育休はしっかり取るようだけれど」

「いやいや、子どもは母親が育てないと駄目だ。なつめ屋の跡取りになる子だぞ。母親が責任を持って育児と教育を担うのは当たり前だろう」

父は茜の仕事ぶりで選んだと言ってはいたが、実際は俺が気に入りそうな相手を周辺から選定しただけだ。実際に茜がいかに精力的に仕事をしているかなど興味もないのだろう。

「……」

「最初からそのつもりだったのか、父さん。妊娠したら茜に退職を促すつもりで」

「私は言ったぞ。いずれは、おまえと茜さんでなつめ屋を盛り立ててほしいと」

「現在のなつめ屋は一企業《いち》。呉服屋だった時代のようにおかみさんに仕事があるわけじゃないだろう。母さんだって、嫁いだ頃しか仕事は手伝っていないはずだし」

語気が強くなる俺を呆《あき》れたように見つめ、父はふうとため息をついた。

「母さんには家のこと一切を任せてきた。だから、私は仕事に専念できたんだよ。まさかおまえ、茜さんに仕事を続けさせる気か？」

「そのつもりだよ」

「おまえが嫁を躾《しつ》けないでどうする。イクメンだ、家事は分業だなどと今どきの男どもは言うけれど、私から見ればそんな考えだから社会でうだつが上がらないんだ。一流の男は、家の中なんぞに時間など割くものか」

父が前時代的な価値観を持っているのは感じている。それはなつめ屋のトップとしてもだ。もちろん、会社には父を支える多くの人々がいて、父のそういったワンマンで昔気質な経営をコントロールしてくれている。

しかし、家庭においては父を諫《いさ》める人はいない。母はしっかりした人ではあるが、父に逆らっているところは見たことがなく、いつも父の意見を立て一歩下がっているような女性だ。

結果、父はいまだ古い価値観のまま、女は家、男は外だと考えているのだろう。

「茜に父さんの希望は話す。でも、俺は茜が望む限り働き続けてもらいたいと思ってる」

「馬鹿なことを。おまえがなつめ屋を継ぐ男だと、茜さんもわかって嫁いできたんだ。上手に言ってきかせろ」

「そこまで父さんに踏み込んでもらっては困る。俺と茜の家庭なんだ」

俺はそう言って社長室を後にした。嬉しい報告になるはずが、思わぬ軋轢《あつれき》が生まれていた。

七　嫁の役割

つわりが苦しいというのは概念で知っていた。しかし、ドラマなどで見るようにいきなり気分が悪くなるものではないというのは体験してみないとわからない。ずっと気持ちが悪くて目の前がくらくらしている。強弱のある吐き気がひっきりなしに襲ってくるし、身体は重く、倦怠感《けんたいかん》で苦しい。

妊娠六週目、赤ちゃんはまだ小さく実感はないけれど、つわりという確実な身体の変化は私の身に起こっていた。ちゃんと育ってくれるかわからない不安もある。でも今は大事に大事に一日を過ごしていきたい。

昨晩妊娠がわかるまで、一週間くらい前から体調自体は悪かった。風邪か疲労かと考えながらも、頭の片隅には妊娠の文字が浮かんでいた。いつ検査をしようかと考えていた矢先に、駅で動けなくなってしまうとは。

結局、救急車で病院に搬送されて検査の運びになってしまった。いろんな人に迷惑をかけ、睦月さんにものすごく心配をかけてしまったのは反省だ。

そして今日、妊娠が確定し不調の正体がつわりだと判明したら、いっきに症状が重くなった気がする。これは週数的なものなのか精神的なものなのか、どちらもなのか……。

　職場では普通に仕事をした。時折吐き気でトイレに行ったり、パソコンのキーボードをたたく手が止まったりする。

「大井さん、大丈夫ですか？　疲れてます？」

　加藤さんに顔を覗き込まれ慌ててしまった。

「昨日の出張の疲れかも。最終の新幹線で帰ってきたから」

「あ～、それですよ～。今日は定時あがりしちゃってくださいね」

「仕事が片付けばね」

「そういうときは頼ってくださいよ」

　加藤さんが頼もしく胸を張り、横から塔野くんが口を挟む。

「まず、加藤は自分の仕事だろ」

「わかってます～」

　そう答えるふたりは、仲のいい先輩後輩。周囲に気を遣わせたくないから、交際は職場では隠しておくそうだ。今のところ知っているのは私くらいみたい。

　相変わらず喧嘩は多いと塔野くんも加藤さんも別々に相談してくるけれど、私からしたらお互いを思いやれる仲のいいカップルだ。

「ともかく、手伝えますからね」

「ありがとう、加藤さん」

お礼を言いつつ、つわりがこれ以上ひどくなったら、加藤さんや塔野くんを頼らなければならないかもしれないと思う。自分が今まで通りに仕事ができなくなると想像したら、急に背筋がすうっとするような不安を覚えた。

「大井、ちょっといいか？　昨日の出張先での打ち合わせの件」

「はい！」

声をかけてきたのは錦戸部長で、資料を手に急いでデスクに向かう。急に立ち上がったらくらっときたので、必死に足を踏んばった。

「ん？　大井、顔が真っ白だぞ。メシ食ってるか？」

「食べてますよ～」

「昨日、遅かったからな。今日は何が何でも定時であがれよ」

錦戸部長の言う通り、私も極力定時であがって家で休みたいけれど、この体調で仕事が時間通りに進むのだろうか。

つわりはいつまで続くのだろう。

赤ちゃんが健康に育ってくれるのを祈りつつ、今でさえしんどい身体がもっと苦しくなるのは怖いなと感じてしまった。

どうにか定時で仕事を切りあげ、帰宅した。気分が悪いので食事については考えたくない。睦月さんには外で済ませてきてもらおうとメッセージを送る。

すると、ほどなく睦月さんも帰宅した。メッセージを見たかなというくらいあっという間の帰宅だった。

「おかえり、睦月さん。スマホ、見てないよね」

「ただいま……」

睦月さんがどこか険しい表情をしているように見えた。

「え、お義父さんが？」

帰宅早々に睦月さんが口にしたのは義父の考えだった。

「退職して、育児に専念した方がいいって……言うの？」

確かに義父はふたりでなつめ屋を盛り立てていってほしいというニュアンスの話を、お見合いの席でしていた。でも、それ即《すなわ》ち妊娠したら退職だとは思わなかった。

なつめ屋は江戸時代から続く呉服商。そういった古風な考えを代々受け継いできたなら、嫁の私にそれを求めるのも無理からぬことなのかもしれない。

「茜の気持ちが一番大事だから」

睦月さんは真っ直ぐに私を見て言い切った。

「俺は仕事を頑張っているきみに恋をした。きみがやりがいを持っているのも知っている。だから、うちの親の都合できみの生き方を変えてほしくない」

「でも、お義父さんとの軋轢になるんじゃない？」

「俺が説得する。俺は家事も育児もきみと同じだけ分担すべきだと思うし、実際そうするつもりだよ。父にはそういった俺の生き方も理解してもらわなければならない」

それに、と睦月さんは笑顔を見せた。

「息子の俺が現代的な家族感を持って、産休育休を取る姿を見せれば、部下たちだって休暇を取得しやすいだろう？　子どもの学校行事や家族のイベントでだって休暇や時短勤務を取得しやすい体制を作りたいんだ」

睦月さんは私たちだけじゃなく、なつめ屋で働くすべての人とその家庭について考えているのだ。彼は赤ちゃんのパパになる覚悟となつめ屋のトップになる決意を持っている。

「睦月さん、週末、ご両親に会いに行こう」

「茜、大丈夫か。今も顔色が悪いし、休んでいた方がいいんじゃないか」

「ううん、私たちの気持ちを早い段階で伝えておきたい。出産まで時間をかけて、お義父さんとお義母さんを説得しよう」

私の言葉に睦月さんが力強く頷いた。


週末、私と睦月さんはそろって日本橋の夏目家にやってきた。

家族の居間は昭和の洋館然としたレトロモダンな空間で、和風建築の中でここだけ少し雰囲気が違う。どうやら居間のインテリアはお義母さんの趣味もあるようだ。

サテン地のソファカバーに、大理石のテーブル。壁のチェストには家族写真がいくつも飾られてある。結婚が決まって一度挨拶にお邪魔したときは、応接間の和室だったので、家族の居間に通されるのは初めてだ。

「そういうわけで、茜には仕事を続けてもらうつもりだ」

ひと通り、私と睦月さんは義両親を前に説明をした。私たちの考え方と、家族像についてだ。睦月さんがそう言い切ると、義父は深いため息をついた。

「睦月、恥ずかしいと思わないのか。妻子も養えないと言われるぞ」

「今は共働き家庭が多い。茜が仕事にやりがいを持っているのに、俺やなつめ屋の体面のために辞めさせるなんてナンセンスだろ」

「茜さんはどうなんだ。なつめ屋の未来の社長夫人として、後継者を責任もって養育すべきだとは思わないのか」

非難がましく言われ、一瞬言い淀んだ。しかし、自分の気持ちを正直に言いに今日はやってきたのだ。おどおどしていてはいけない。

「愛情はたっぷりとかけて育てたいと思っています。でも、ずっと一緒にいることが愛のある育児のすべてだとは思いません。私が真剣に働く姿を見せるのも子どものためになるのではないかと思います」

「それは父親の仕事だ。女がでしゃばるものじゃない」

厳しい言葉に、睦月さんが腰を上げかける。暴言だととらえたようだ。私が睦月さんを制する前に、義母が口を開いた。

「ねえ、茜さん。赤ちゃんの超音波写真はある？」

話の腰を折る言葉に、一瞬全員がぽかんとしてしまった。私は慌ててカバンから超音波写真を取り出し、義母の手に渡した。

「まあ、ちいちゃい。まだよく見えないけれど、この丸がそうね」

「はい……。今、六週目です。再来週、八週目に入ったら出産までお世話になる産院を受診する予定です。それまで赤ちゃんが元気かわからないのがちょっと心配で」

「わかるわ。ねえ、その受診、来週にしてしまわない？　私もついていきたいわ。初受診なら少し予定が変わってもいいでしょう」

義母は弾んだ声で言い、それから優しく目を細めた。

「不安が減ったら、つわりも楽になるんじゃない？　茜さん、顔は真っ白だしずっと体調が悪そう。ほら、そこにブランケットを用意してあるから、腿《もも》にかけなさいね」

ぎくりとした。ごまかしていたけれど、つわりはかなりひどくなっていて、今は水すら飲むのが苦しい。義両親の前でソファに掛けていても、くらくらして姿勢を維持しているのがつらいし、生唾《なまつば》ばかり飲んでいた気がする。

「あなた、私はこの家に嫁いで仕事を辞めました。あなたも義父母も家事手伝い程度だと思っていたようだけれど、私は実家の家業である織物工場の仕事に誇りを持っていましたよ」

義母は義父に向かって静かな口調で言う。義母も昔はご実家の仕事をしていたようだ。

「嫁の務めを果たせと言われ、なつめ屋の仕事を手伝い、睦月と葉月が生まれてからは家事と育児だけをしてきました。でもね、仕事をしたかったなって気持ちがすっきりなくなったわけじゃないんです」

義父は突然語り出した義母に驚いたようで、言葉をなくして見つめている。そんな両親の様子は初めてなのか、睦月さんも固唾《かたず》を呑んで見守っていた。

義母は子どもに言い聞かせるように落ち着いた声音で続けた。

「あなたが睦月と茜さんに強制しようとしていることは、あなただけの考え。みんな自分の考えがあって、その中でいろんな気持ちを呑み込んで選択をしているんです。この子たちの選択をあなたが決めてはいけませんよ」

私は義母の言葉に涙が出そうになっていた。そんなふうに言ってもらえると思っていなかった。なつめ屋の嫁なら当然と、義母は思っていないのだ。

「おまえは口を出さなくていい」

「家のことはおまえに任せると言ってきたのはあなたでしょう。これは充分、家のこと。あなたの論理なら、あなたこそ口出しできませんよ」

笑顔だが、義母の言葉は思いのほか強い。結婚以来押し込めていたものが噴出しているといった様子だ。

「睦月と茜さんの意思を尊重しましょう。そうすると、あなたが葉月と実さんに取ってきた態度も冷静に考えられると思いますよ」

義父は明らかに面白くなさそうな顔をしていたが、当初の勢いもなくしていた。むっつりと黙り、居心地悪そうに席を立ったかと思うと、そのまま居間を出ていってしまった。

「あとはうまく言っておくから」

義母がこそっと言う。私は目頭の涙を拭って頭を下げた。

「お義母さん、ありがとうございます」

「言いたいことが言えて、私もすっきりしたわ。葉月の件で嫌な気持ちにさせてしまったし、茜さんの力になれてよかった」

まだ気にしていてくれたのだ。睦月さんが私の背を撫で、言った。

「母さん、本当にありがとう。父さんとは俺も話し合いを続けていくよ。すぐに全部理解してもらうのは難しいだろう」

「ええ。主義主張はみんな違うから。でも、お父さんはあなたたちを憎いわけじゃない。それだけはわかってあげてね」

結局義父は席に戻らず、私たちは実家を後にした。

緊張が解けたせいか、マンションに帰りつくと体力が尽きてしまった。横になった私はそのままぐっすりと眠った。夕食は睦月さんが用意してくれ、少しだけおかゆを食べてまた休んだ。

身体の変化についていけない。だけど、心は今朝より軽い。

翌日は日曜日、朝は多少すっきりと起きられた。吐き気が軽い気がする。まだまだつわりは続くのだろうけれど、日によって多少差があるのだろうか。

「おはよう、りんごむいてるよ」

寝室から出ると、朝食にりんごを用意している睦月さんが声をかけてきた。私は挨拶を返し、頷く。

「洗濯は俺がやるから休んでいて」

「干すのは私も手伝うよ。ちょっと楽なんだ。昨日、お義母さんと話せて気持ちが軽くなったおかげかな」

「父の方は、俺がどうにか説得するから」

「うん、ありがとう」

席について、睦月さんが用意してくれたりんごをひと切れ、かじる。むいて塩水をくぐらせてくれたものだ。

「もう少しむく？　ぶどうもあるけど」

「このりんごで充分だよ。睦月さんも食べようよ」

「そうしようかな」

睦月さんが席についたときだ。インターホンが鳴り響いた。

現在、日曜日の朝七時四十五分。平日ならいざ知らず、休日としては早い。まだ宅配便などだって来ない時刻だろう。

睦月さんと私は顔を見合わせる。訝《いぶか》しげな顔で、睦月さんがインターホンに出た。すぐに切って、こちらを見る。

「葉月だ」

ぎくりとした。葉月さんにはまだ妊娠を伝えていない。

安定期じゃないというのもあるけれど、ただでさえ私を嫌っている彼女はあまりいい気分にならないのではないだろうかと思ったのだ。

「上がってくるけれど、俺が対応する。茜は寝室にいていいよ」

「そういうわけにはいかないよ。たぶん、私の妊娠を知っているんだろうし」

確証はないけれど、今まで一度も来たことのない私たちの家にいきなりやってくるにはタイミングがよすぎる。年末の件から少し距離を置いていただけに、何を言い出すか不安だ。

「お邪魔するわよ」

葉月さんは春物のジャケットにワンピースといういで立ちでやってきた。ハイブランドのバッグを無造作にソファに置くと、私と睦月さんを、腕組みをしてねめつけた。

「どういうつもり？　妊娠したのに、仕事を辞めないんですって？」

「茜の妊娠を誰に聞いた。父さんか？」

「ええ、そうよ。聞いたのは三日前。でも、ゆうべ落胆した父さんから電話があったの。兄さんと茜さんがわかってくれないって」

やはり葉月さんに話したのは義父のようだ。しかも、三日前なら最初から隠す気もなかったのだろう。家族とはいえ、情報の管理が杜撰《ずさん》だ。

「兄さん、何を考えてるの？　茜さんが産むのはなつめ屋の跡継ぎなのよ。そのために結婚したんじゃない。茜さんに仕事の片手間で子どもを育てさせるの？」

「茜ひとりが育てるんじゃない。ふたりで育てるんだ」

「兄さんの仕事に支障が出るじゃない。最初はそんなふうに言ってたって、どうせ茜さんが保育園かベビーシッターに預けっぱなしにして育てるんでしょうよ。ただでさえ、夏目家の優秀な遺伝子を茜さんの遺伝子で薄めるのよ。一生懸命育てないと、なつめ屋に相応しい跡継ぎにならないじゃない」

葉月さんの勢いは、年末に実家で相対したときと変わっていない。むしろ、責める理由を得たとばかりにまくしたてる。

「茜さん、仕事優先なんて何様なのよ。あなた程度の人材、いくらでもいるんだから、代わりは利くのよ。母親の代わりはいないのよ！」

その言葉は、きっと多くの働くママが直面する言葉なのだろう。私だって考えないわけじゃない。

「葉月さん、おっしゃりたいことはわかります。お腹の子の母親は私だけ。私が会社で勤める役割に代わりはいます。だから、この気持ちは私個人の我儘なのかもしれません。……私は自分の仕事に生き甲斐を持っていますし、誇りを持っています。それをこの子に見せたいんです」

「思いあがりじゃない？　仕事している姿を見せるより、傍《そば》にいた方が子どもは喜ぶに決まってる」

「それもひとつの考えです。でも、私は子どものためにすべてを投げうって尽くすのが愛だとは言い切れない気がします。私も子どももひとりの人間だから、並んで懸命に生きたい。その選択肢に、母親が仕事をするというのはあっていいのだと思います」

　私は臆することなく葉月さんを見つめた。この先、私はお腹の子の母親として生きていく。そのためには強くありたい。睦月さんとこの子との家族、舵《かじ》取りを人に任せたくはない。

「私と睦月さんで決めます。葉月さんのご意見は受け止めます。でも、おっしゃる通りにはできません」

　睦月さんが庇うように前に出た。

「葉月、おまえは本当にこんな話がしたくて来たのか？」

「はあ？　……自分の妻も御《ぎょ》せない兄さんが偉そうに詮索しないでよ」

「夫婦は対等だ。コントロールし合うものじゃない。なあ、葉月、父さんに無神経なことを言われたんじゃないか？」

　葉月さんの表情にはっきりと怒りが浮かんだ。

　拳《こぶし》がわなわなと震えたと思ったら、ソファのクッションを取り、睦月さんに向かって投げつける。

「妊娠したのに！　子どもを授かったのに、あんたたちが大事にしないのがムカつくのよ！」

「葉月、やめろ」

「なんの苦労も知らないで、へらへら自分たちの主張ばっかり偉そうに！」

その叫びに、葉月さんの心を占めるのが焦燥なのだと気づいた。ずっと子どもを望んできた彼女にとって、私の妊娠は不快な情報だったのだろう。

「せっかくできたなら、精一杯大事にしなさいよ！　跡取りなんでしょ！　私が産む必要なんかもうないものね！」

「父さんにそんなことを言われたのか？」

葉月さんは唇をぎりっと噛み締め、睦月さんと私を睨《にら》んだ。

「……『言いつけは聞かないが、少なくとも茜さんが何人か産んでくれるだろうから、おまえは急いで妊娠しなくていい。なつめ屋のために無理するな』って……」

「ひどい言い方を……」

「『兄さんが結婚しなかったら、なつめ屋の跡継ぎはおまえが産め』って、散々プレッシャーをかけ続けておいて、もう用済みですってよ。馬鹿にしてるわ」

おそらく義父は、義母の言葉で考えを改める部分もあったのだろう。葉月さんに実家の夏目家のために妊娠出産を期待してきたのを悔いたのかもしれない。

しかし、父からかけられた言葉で、葉月さんは気持ちのやり場をなくしてしまったのだ。

期待されても苦しい。期待されなくても苦しい。

妊娠も出産も、奇跡みたいな事象の連続で成り立つ以上、努力でどうにかなるものではないから。

「葉月、子どもが生まれるまで大事に守るのも、生まれてから成長を助けるのも、これが正解というのはないよ。俺は茜とそれを分かち合い、考え続けていきたい。葉月の考える〝絶対〟を押し付けないでくれ」

そう言い、睦月さんは葉月さんを見た。

「父さんの無神経が長くおまえを苦しめてきたと思う。だけどその無神経を踏襲《とうしゅう》して、俺たちを攻撃しないでほしい。家族が増える。みんなきっと少しずつ変わる。だから葉月にも……」

「お説教はやめて！　父さんや兄さんたちが変わろうが知ったこっちゃないわ。私はどうせ……！」

そのとき、インターホンが鳴った。数瞬の間を縫うように私がインターホンに出た。

『朝からすみません。葉月の夫の與澤です。葉月はそちらにお邪魔していますか？』

早い時間の来客、ふたり目は葉月さんのご主人の実さんだった。

間もなく実さんは私たちの部屋に到着した。葉月さんがぎろりと彼の顔を睨む。自分の夫を見る目ではない。

実さんは葉月さんを一瞥《いちべつ》してから、睦月さんと私に頭を下げた。

「休日の朝から葉月が押しかけましてすみませんでした。葉月の実家にこちらの住所を聞いてきたので、迎えが遅くなりました。ご迷惑をおかけしました」

「あんたには関係ないでしょ！」

「関係あるから迎えに来てるんだろう」

実さんが低く言う。表情は薄いけれど、彼が苦々しい様子をしているのはわかる。

「一緒に帰ります。お邪魔しました」

そう言って葉月さんの腕をつかむけれど、葉月さんは即座に振り払った。

「私に興味なんかないくせに！　夫面《おっとづら》しないでよ」

「それはきみだろう！」

実さんが鋭い声で言った。

「こんなつまらない男と家同士の繋がりで結婚したのは可哀想だと思うよ。義務的に夫婦生活をするのもつらいんだろう」

「うるさい、うるさい！」

「でも、ずっと無視されているような関係で、俺だってどうやってきみに歩み寄ればいいかわからないよ」

私が何度か会った実さんはおとなしく、何を考えているかわからない無表情な人だった。問われなければ声も発さないような人の声に、初めて感情がこもっていた。

「だって!」

見れば、葉月さんの目から涙があふれていた。ぽたぽたと床に雫《しずく》が落ちる。

「あなたが言ったんじゃない。『好きにならなくていい』って。『子どもも別に欲しくない』って。お義兄さん夫妻に子どもがいるから、與澤家の跡継ぎの心配はないわよね。でも、そんな言い方されたら、私……私まるごといらないみたいじゃない……。触れ合う義務すら……なくなっちゃうじゃない」

実さんが目を見開き、それからゆっくり葉月さんに歩み寄った。肩をそうっと抱く。

「いらなくなんかないよ。きみは俺にとっては高嶺《たかね》の花で、俺なんかに触れられるのは嫌だろうって……。極力負担を減らしたいって……」

「嫌じゃないわよ。嫌な相手とは結婚しないし、三年も一緒に住んでないわよ……」

わっと泣き出した葉月さんを実さんが抱きしめた。やがて、顔を覆い身を固くしていた葉月さんが、実さんの身体に腕を回した。

「実くん、葉月を迎えに来てくれてありがとう」

睦月さんが苦笑いで声をかけると、実さんが葉月さんを守るように抱きしめながら会釈をする。

「すみませんでした。夫婦のコミュニケーションがうまくいっていなかったのを痛感しました」

「どんなに傍にいても、口にしないとわからない気持ちってあるよ。俺もそうだったから」

言葉を切って睦月さんはふたりを見つめた。

「実くん、面倒な妹だけど頼みます。葉月、まずは自分の家庭を大事にしてくれ。父さんに対しては、俺が間に入るようにする」

葉月さんは実さんの腕の中でこくんと頷いた。そうしてふたりは去っていった。

部屋がいっきに静かになり、私も睦月さんもダイニングの椅子にどさりと腰掛ける。

「休日の朝が戻ってきたね」

「妹夫妻が迷惑をかけた。疲れただろう。休む？」

「平気だよ。一緒にお洗濯を干そうか」

ちょうど終わっていた洗濯物を並んで干した。鴨居《かもい》に引っかけたピンチハンガーに洗濯物を挟んでいく。この部屋は十階だけど、ベランダに洗濯物を干せるのが便利だ。

「葉月さんと実さん、長くすれ違ってたんだね」

「ふたりが大学在学中に親が決めた結婚だからな。葉月はあの性格だから、同い年の実くんに舐められたくなくて最初から高飛車な態度だったんだろう。実くんが萎縮《いしゅく》して、自分なんか好かれるわけがないと思ったのも、葉月の責任だ」

睦月さんはふうと嘆息する。兄から見ればそうなのかもしれない。

「葉月さんも怖かったからそういう態度だったんじゃないかな。好きになってもらえるかわからない相手に強く出ちゃったんだよ」

「相手の気持ちがわからないのは、確かに不安だよな」

「私たちだって、そうだったじゃない。お互い惹かれてるのに、お見合い結婚だからって遠慮して言えなかった」

私はわざと睦月さんの肩に身体をぶつける。軽い体当たりに、睦月さんが笑って私を見下ろしてくる。

「俺の気持ちが重たいから言いづらかったんだよ」

「言ってよかったでしょ。こんなにラブラブになれたんだから」

睦月さんが少し屈んで、私の身体に腕を回した。お腹に顔を近づけたいみたい。

「ああ、ラブラブだし、赤ちゃんも授かった」

「でしょう、でしょう」

「洗濯物を干したら、寝室に風を通して、二度寝しないか」

「それ、すごくいい」

私たちは顔を見合わせ、微笑み合った。新しいシーツと春の風、私と睦月さん、そしてお腹の赤ちゃん。休日の午前中は、幸福に満ちあふれていた。


翌日、私は通常通り出勤していた。つわりはそれなりにひどいけれど、今週は義母の言葉通り、平日に一日休みをもらって病院に行くつもりなので、そこで吐き気について相談しようかと考えていた。休みを取る分、片付けられる仕事は片付けておきたい。

「大井さん、お客様がお見えだそうですよ」

午前も終わりの時刻に、加藤さんから声をかけられた。私が席を外している間に、受付から内線電話が入っているのを取ってくれたのだ。

「なんだろう。約束はないんだけど」

「なつめ屋の方だそうですよ。ご主人……だったら聞いてますよね」

「うん、聞いてないなあ」

メールをチェックするけれど、担当の逆井さんからも連絡は入っていない。いたずらということもないだろうから、ともかく会いに行ってみよう。

一階の打ち合わせブースに待っていたのは葉月さんだった。エレベーターを降りる頃から、もしかしてとは思っていたけれど本当に葉月さんだ。

ベージュの地に大きな花柄のワンピースはロング丈で、普段のファッションよりは落ち着いて見えた。しかし、彼女のはっきりした顔立ちと相まって、我が社の打ち合わせスペースにおいては異質でとても目立つ。

昨日の今日でなんの御用だろう。

嫌われている自負のある私は少々びくびくしながらテーブルに近づく。彼女相手に啖呵《たんか》を切った勇気はどこへやらだ。

「こんにちは、葉月さん。どうされました?」

声をかけて、来客用のペットボトルをテーブルに置くと、彼女は座った姿勢からちらりと私を見上げた。すぐに視線をそらしてしまう。傲岸《ごうがん》な態度は相変わらずの様子。

このお嬢様は何をしに来たのかしら~ともやもや半分、恐怖半分で席につくと意外にも葉月さんが言った。

「仕事中に来て悪かったわね」

彼女から謝る言葉が出ると思わなかった。驚いて目を白黒させている私に葉月さんが続けて謝罪を口にする。

「昨日も押しかけて、悪かったわ。自分の意見を押し付けた」

「あ……いえ、その、私も感じが悪い言い方を……した気が」

「八つ当たりしただけ。茜さんが先に妊娠したのが悔しかっただけ。……旦那とうまくいってなかったのもあったし」

葉月さんはぼそぼそと言い、うつむいた。どうやらなんの裏もない謝罪のようだ。

私は彼女の顔を覗き込む。

「実さんとはお話しされました？」

「茜さんには関係ないでしょ!?」

返ってきたきつい言葉に、やはりこういう人だったと痛感する。しかし、彼女の表情は照れたように赤くなっていた。

「実……旦那は私のこと好きみたいだし、私ももう少し譲歩してあげてもいいかなって思ってるわよ」

こういう表情をしていると、睦月さんとよく似ているなと感じた。恥ずかしそうに、でも嬉しそうな葉月さん。きっと、実さんときちんと話せたのだろう。関係修復できたのかもしれない。

「つわり。無理しないでね」

葉月さんはそう言って立ち上がった。気が済んだとばかりにさっさと歩いていってしまう。

お見送りに追いかけたら、じろりと睨まれた。

「思ったより、頑固で面倒な女ね。茜さんって」

「褒め言葉ですか？」

「褒めてないけど、骨のある女が兄さんに相応しいと思ってたから。……まあ、いいんじゃない」

それは彼女なりの私への合格サインだったのかもしれない。

私はエントランスで、去っていく葉月さんを見送った。なんだかとても、胸があたたかかった。

八　赤ちゃんを迎える

茜のお腹で子どもはすくすくと成長していった。最初こそつわりに苦しめられていた茜だが、安定期に入る頃にはようやく体調も安定し、産休まで無事に仕事を続けられた。

十月初旬、妊娠九ヶ月の三十四週目からは産休に入り出産までの時間を家で過ごしている。

朝から家中を掃除したり、凝った料理を作ったり。家事に夢中な茜もなかなか楽しそうだ。大きくなったお腹を抱えて、あれこれと動き回るので、俺はしょっちゅう『そろそろ休憩したら？』とか『お腹張らない？』などと声をかける。茜は平気な顔で『動いた方が私にも赤ちゃんにもいいんだよ』と頑張るのだ。

俺の実家は落ち着いている。俺と母からの説得で、父は茜に退職を求めるような言い方はしなくなった。心中はよく思ってはいない様子だが、口に出さなくなっただけ進展だ。俺たち夫婦を尊重しようという気持ちが生まれたのだろう。

父の考えを変えるには、実際赤ん坊が生まれてからの俺と茜の姿を見せるのが一番いいと思う。行動で俺たちの努力と覚悟を見せるのだ。そのためには、俺も茜も同じだけの責任を負って育児にあたるつもりだ。

葉月にいたっては、驚くほどの変化があった。しょっちゅう実家に出入りし、いつまで経ってもお嬢さんぶっていた葉月が、ほとんど顔を出さなくなったそうだ。母が言うには実家のレシピを多くメモしていったそうで、どうやら実くんに作って食べさせているらしい。

家事はほとんどハウスキーパーに任せて毎日買い物だエステだと遊び歩いていた葉月が、夫のために自分からあれこれ何かしたくなったというのはものすごい変化だと思う。

示す場所がなかっただけで、葉月の中にはずっとそうした愛情があったのだろう。今は愛情を惜しみなく与えられる関係を実くんと築けているのかもしれない。

秋口になつめ屋の創業記念パーティーで会ったときは、実くんにべったりくっついて、何かというと『実、実』と甘えた声と目線を投げかけていた。実くんは実くんで、そんな葉月を大事そうに見下ろしているのだから、兄の目から見ても妹夫妻は円満のようだ。

家族の件については何かと騒がしくしてしまったのに、茜はどんなときもポジティブだった。父のことも妹のことも、大丈夫、私は平気、と笑顔でいてくれた。

本当に彼女と夫婦になれて幸福だ。彼女の精神的なタフさは、これからも家族を救ってくれるだろうし、俺も見習いたいと感じる。

しかし、産休二週目に入ると茜の様子が少し変わってきた。

十月半ば、心地よい秋風の吹く頃だが、茜はあまり出歩かなくなった。俺を朝見送るときもどこかぼんやりしているし、夜はくたびれたような顔をしている。先週までは健康のためにウォーキングだと平日も休日も歩き回っていたのに。俺が話しかけてもぼうっとしている。

妊娠後期は、お腹の赤ん坊が大きくなる分、動きづらかったり息切れがしたりするという。そういった身体的な不調だろうか。それにしては、茜のはつらつさが薄れているようで心配だ。

「茜、じゃあ行ってくるよ」

「あ、はーい。いってらっしゃい」

玄関に向かうときに声をかけると、茜はぼんやりとベランダの外を眺めていた。

「今日はいいお天気だよ。散歩にでも行くの？」

「うん……買い物があるから」

まるで買い物の用事がなければ、外には出ないといった様子だ。

「体調よくないなら、俺が帰りに買い物を済ませてくるよ。今日は遅くならずに帰れそうだし」

「あは、元気だよー。ごめんね、朝だから眠くてぼうっとしてるだけ」

外出が嫌だというより、茜自身に生気がないように感じてしまう。あとひと月ほどで出産を迎えるというのに、どうしてしまったのだろう。

「茜？　本当に無理しないでくれよ。お腹の赤ちゃんのためにも疲れたら休んで」

「そうするよ。ねえ、赤ちゃん」

茜はお腹の子に話しかける。女の子だと言われてから名前を考えているけれど、まだ確定はしていなくて、茜は「赤ちゃん」と呼びかけている。

俺はどことなく元気のない茜に後ろ髪を引かれる気持ちのまま出勤した。昼休みにでもまた様子を窺う連絡をしよう。

その日、俺は定時過ぎには仕事を切りあげて帰宅した。時刻は十九時、なかなか早い帰宅だ。

玄関のドアを開けて、部屋が真っ暗なのに気づいた。茜は留守なのだろうか。聞いていないが、何か用事があったのか。

「茜ー」

一応中に向かって声をかけながらリビングに入って電気をつける。すると、ソファで横たわって目を伏せている茜の姿。俺はぎょっとして駆け寄った。

「茜!? どうした?」

身体をゆすると茜がゆっくりと目を開け、すぐに眩しそうに細めた。

「睦月さん? あれ、今、何時?」

「十九時過ぎだよ」

「眠っちゃってた」

日が落ちるのが早い時期、電気もつけずに寝ていたなら何時から眠りに落ちていたのだろう。いよいよ心配になって、のそりと身体を起こす茜を支える。ソファの隣に座って、顔を覗き込んだ。

「お腹が大きくなって、疲れやすくなっているのかな。本当に体調に変化はないのかい?」

茜は一瞬言い淀み、それから小さな声で答えた。

「実は最近、あんまり眠れなくて」

「そうだったの？」

同じ頃に布団に入るし、俺はてっきり茜は隣のベッドで朝までぐっすり眠っているのかと思っていた。そうではなかったのか。

「お腹が大きいと苦しくて眠りが浅くなるとは聞くけど」

「それもあるとは思う。あとは、仕事をしているときと比べて運動量は減ってるでしょ。眠気がこないなあとは思っていたの」

茜はうつむいて、自嘲気味に言う。

「でも、その分昼間は身体が重たいし、こういう変な時間にふっと強い眠気がきたりして……。たぶんなんだけど、環境が変わって心がついてきてないのかなあって」

思わぬ返事に、俺は茜の顔をまじまじと見た。

茜はずっと仕事を頑張ってきた。それが急になくなって、目の前にお産のプレッシャーも加わりバランスが崩れているとしたら。

心身ともにタフだと俺も彼女自身も思い込んでいたのかもしれない。でも、実際はそうじゃない。

考えてみれば当たり前だ。出産という経験のない大きな出来事を前に、不安に陥るのは当然の神経ではなかろうか。

「ごめんね、睦月さん。夕飯できてない。急いで作るけど、簡単なものでいいかな」

「夕飯は気にしなくていいよ。なあ、茜、眠気はなくなった？　体調が悪くなければ、少し散歩に出ないか？」

「え？　……うん」

茜は訝しげに首をかしげ、その後頷いた。


茜に暖かなコートを着せ、俺はスーツのまま家を出た。駅に向かっているのに気づいた茜が俺に尋ねる。

「散歩って近所じゃないの？」

「もう少し、遠くまで行こう」

茜は俺に手を引かれるままについてくる。ぼうっとして見えたのも、元気がなさそうだったのも、茜が人知れず不安と闘っていたせいなのだ。早く気づいてやれなくて申し訳ない。

地下鉄で乗り換え、やってきたのは俺と茜の中学と高校のある駅だった。

「海邦学園のある駅……」

「懐かしいだろ。卒業以来来る用事もないから、俺も久しぶりだよ」

あの頃、俺と茜は同じ学校に通っていながら、こうして並んで歩いたのはたった一回きりだった。しかも、俺はそのときの記憶もおぼろげなのだ。

「高校に行ってみるの？」

「ああ、そうしようかと思って」

駅から七、八分のところに海邦学園はある。平日二十時、すでに門は閉ざされていた。

「まあ、ＯＢ・ＯＧでも中には入れないよね」

「正式に見学の手続きを取れば別だけど」

俺と茜は校舎を正面から見上げる。都心部にあるけれど、海邦学園はかなりの敷地を有している名門の進学校だ。ここから見えるのは高校の校舎。グラウンドや野球場、テニスコートなどの奥まったところに中学がある。ぐるりと回ってみればわかるだろうが、おそらく中学側の昇降口も固く閉ざされているだろう。

「高校の頃じゃなくて大人になってから知り合えてよかったって、茜は言っただろう。でも、俺はやっぱり茜と高校時代から親しくしたかったなって思うよ」

学校の周りを塀に沿って歩く。俺の言葉に茜がふふ、と笑った。

「そう？　モブの私と王子様じゃ釣り合わないよ」

「俺ときみは対等だよ。あの頃だって、きっと並んだら似合ってた。……それにさ、人生って限りがあるだろ。俺はきみが大好きだから、可能な限り長い時間を一緒に過ごしたいんだ」

俺の手に知らず力がこもり、茜がそれをそっと握り返してくる。手を繋いでいるだけで心も繋がっているように感じられる。

「高校からきみといられれば、俺ときみにはプラス十年の時間があった。もっと早く結婚していたかもしれない。……なんて、きみに恋して三年も黙っていた俺に言えることじゃないか」

「お互いがお互いを好きだった時間は、ちゃんとあるじゃない」

茜が明るい笑顔を見せた。

「長く一緒にいたいのは私も一緒。今までは変えられない。でも、未来はわからない。ふたりで長生きしよう」

「ああ、そうしたい。……茜が健康でいてくれるのが一番嬉しい。だから、ストレスや不安はなるべく早く打ち明けてほしい」

「睦月さん」

「出産の痛い思いは代わってあげられないけど、絶対に傍にいる。育児は一緒にする。きみには健やかに朗らかに暮らしてほしいんだ」

大好きな茜に求めるものはそういうことだ。ひとりで頑張らないでほしい。抱え込まないでほしい。夫婦なのだから。

「頼りないと思ったら言ってくれ。俺はきみを大事にしたいと思ってるし、そう行動しているつもりだけど、きみからしたら足りないところもあると思うんだ」

「睦月さんはいつだってパーフェクトだよ。私にはもったいないくらいの旦那様だもん」

「そうやって一歩引かないでくれよ。もっと我儘でいい。きみに求められたいんだ」

校舎裏の路地、茜が俺の腕にきゅっと抱きついた。愛おしそうに肩口に頬を寄せてくる。

「もっと甘やかされたくなっちゃう。睦月さん、どんどん甘くなるのに」

「甘やかしたいんだよ。きみが好きなんだから」

「嬉しいな。でも、私も同じように思ってるの、忘れないでね。あなたにはもっと我儘を言ってほしいの。甘やかしたいの」

茜は俺の耳にそっと吐息のようにささやく。

「大好きよ、睦月さん」

それだけで俺がいまだに赤面してしまうというのを彼女は知っているのだろうか。

「勇気づけてくれてありがとう」

「なんにもしてないよ。散歩しただけ」

俺は照れ臭くて頭を掻きながら、茜の腰を抱いた。

「駅前にお好み焼き屋があるんだ。高校の頃、部活のやつらと試合の後なんかに行ったところ。そこに行かないか？」

「いいね。お夕飯、お好み焼きって」

「豚玉と明太もちチーズがおすすめだよ。味がまだ変わっていなければ」

寒い風が吹く秋の夜、あの頃とは違う俺たちが並んで歩く。駅までの道を、ゆっくりと寄り添って。

駅前の賑わいの中に、目当ての灯りを見つけて指さすと、茜は俺の隣で優しく微笑んでいた。

十一月の頭、妊娠三十八週目の朝、茜は朝から掃除をしていた。

「洗面所の床がどうしても気になっちゃって」

脱衣所兼洗面所は、都心部の住宅事情もありあまり広くはない。ドラム式の洗濯機が場所を取るので、茜もお腹が大きくなってからはワイパータイプのモップで掃除するくらいだった。

俺も気をつけていたつもりだけれど、掃除が足りなかったのかもしれない。

「俺がやるよ。今日は休日だし」

「大丈夫、大丈夫」

茜は雑巾を手に笑顔だ。

「もう、いつ赤ちゃんが出てきてもいいから、動かなきゃ。午後は、実家に行ってくるつもり。母が親戚からもらったベビー用品で使えそうなものを見てって言ってるの」

茜の両親は里帰り出産を勧めてきたそうだけれど、茜は断った。仲が悪いわけではなく、どちらの実家も近く頼りやすい分、平等に頼るべきだと考えたようだ。茜自身は『睦月さんの傍にいたかったし』と可愛いことを言ってくれたが。

「俺もついていこうか？」

「睦月さん、忙しかったんだからのんびりしてて。赤ちゃんが出てきたら、どうやったって頑張ってもらうんだから」

産休に入ったばかりの頃、不安とプレッシャーで元気がなかった茜が、今は以前のように活力に満ちあふれている。

彼女の中で、妊娠出産や仕事を休んでいる現況に対する考えに変化が生まれたのかもしれない。いずれにせよ、俺は夫として支えるだけ。産むのは代わってあげられないから、その分傍にいるだけだ。

茜が洗面所やバスルームを掃除している間に、俺は洗濯を済ませ、リビングに掃除機をかけた。一緒に昼食をとって、茜は実家に出かけていった。

ひとり家に残った俺は、ソファに腰掛けた。

確かに仕事は忙しかった。茜が出産を迎えたら退院に合わせて育児休暇を取るつもりでいるので、いつ抜けてもいいように周囲と調整しながら仕事を進めている。本部長の立場で、と考えないわけでもないが、俺が率先して育休を取ることで社員の誰もが家族のために休みを取りやすくしたい。

以前茜にも話したが、子どもに限らず親兄弟の通院や介護が必要な社員だって多くいるはずなのだ。それに、もっと気軽に家族で思い出を作るための休暇だって、取っていいはず。いずれ、なつめ屋を継ぐ人間として、働きやすい会社を作っていきたい。

俺はふたりで暮らす部屋を見渡す。一緒に暮らし出して一年、すでに居心地のいい空間になったこのふたりの部屋に間もなく新しい家族が加わる。そのために、部屋の隅には赤ちゃん用のベッドとオムツやおしりふきのセットが置かれてあるし、玄関先には茜の入院用のバッグも準備されてある。

楽しみだ。茜と暮らす日々が楽しく充実しているだけに、ふたりの愛の結晶が加わったらどれほど幸せだろうと想像する。

大変なことも数多くあるだろうけれど、茜とふたり頑張っていきたい。

そんなふうに考えているうちに、俺はソファで眠ってしまっていたようだった。ハッと気づくと、日は傾いている。そろそろ茜が帰ってくるだろうか。夕食用に米だけは炊いておこう。立ち上がると、ローテーブルに置いたスマホが振動した。

茜の名前が表示されている。

「茜、どうした？」

『睦月さん……』

ひと声聞いただけでわかった。茜は苦しそうな声で俺を呼んでいる。ぞくりと背筋がざわめいた。何かあったのだ。

「茜？　今、どこだ」

『マンションの下まで来てるんだけど、お腹痛くて……動けなくなっちゃった』

「すぐに行く」

俺は自身のカバンと玄関に置かれた茜の入院バッグを手に部屋を出た。エントランスに茜はいない。マンション前の植え込みの段差になったところに座っている。

「茜！」

「睦月、さん、ごめんね。来てもらっちゃって」

茜は顔をしかめて、お腹を抱えるように背を丸めている。どう見ても、普段の様子とは違う。

「いったぁ。……突然、強い痛みがきて……これ、陣痛なのかな……」

「初めてだし、わからないよな。何分かおきに痛みがくるんだろ」

「それ……計ろうと思ってるんだけど……、痛くて……なんかよくわからなくて」

「わかった。病院に行こう」

俺は配車アプリでタクシーを手配する。焦る気持ちがあったが、それを見せるわけにはいかない。

「どうしよう……、すごく痛い……こんなに急に痛くなるなんて……」

茜は目をぎゅっとつむり、身を固くしている。俺も正直に言えば不安だった。茜と一緒に見た両親学級の資料によれば、陣痛は徐々に強くなると書いてあった。陣痛と陣痛の間には休む時間があり、その間隔が短くなっていくそうだ。

しかし、茜はずっと痛がっている。しかもすでにかなり痛いだなんて。

これは本当に陣痛なのだろうか。もしかして、恐ろしい症状が茜とお腹の赤ん坊に迫っているのではないだろうか。

「茜……」

「睦月さん、どうしよう。怖い……怖いよ」

涙を目に溜《た》め、痛みに耐えながら俺を見上げてくる茜。

駄目だ。ここで俺が弱気な態度を見せたら、茜はもっと不安になってしまう。

俺は茜の背を抱き、笑顔を作った。

「落ち着いて、茜。少しでも陣痛が和らぐ瞬間はない？」

茜は痛みで喋れないときと、俺を見たり言葉を発したりするときがある。本人は急な痛みに驚いているが、きっと痛みには強弱があるのだ。

「痛いのが……ぎゅーっときて、少しお腹が緩む感じがある」

「その時間を俺が計っておくよ。俺には診断できないけど、陣痛みたいだから、このままお産になるかもしれないよ」

茜が俺を見て、それから痛みに顔をしかめた。息すら止まっているのではという時間が数十秒。表情が緩む時間は二、三分もない。

「お腹と下半身が自分のものじゃないくらい……痛い……」

「腰、さするよ」

少し強めに腰を手でさすると、茜がふうと息を吐く。そこにタクシーが到着した。

「痛みが緩んだときに動こう」

「うん……、あ、ちょっと待って。いたたた」

立ち上がった途端に動けなくなる茜。タクシーの運転手が降りてきて、荷物を預かってくれた。事前に確認しておいたタクシー会社だったけれど、陣痛時の対応にも慣れているようで、後部座席には大きな防水シートとバスタオルが敷かれてあった。ここで破水してしまう妊婦もいるのかもしれない。

「茜、水が漏れているような感覚はある？」

「大丈夫……、破水はしてない……みたい。正直、痛くてわけわかんないけど……」

茜は必死に俺の手を頼りながら移動し、タクシーに乗り込んだ。

かかりつけの産院までは十五分ほどで到着した。

看護師と俺が両脇を支え、茜を診察室に運ぶ。産科と婦人科しかない個人医院なので、さほど移動せずに済んだのがよかった。

医師の診察の結果、やはりお産は始まっているようだ。予定より二週間早い。予定日はあくまで目安とは聞くが、焦る気持ちは湧いてくる。

「もう子宮口がかなり開いてるみたい。お産の進行が速いんだって」

陣痛の間断が短かったから、そんな気はしていた。茜は不安そうではあったけれど、覚悟は決まった様子だ。

「じゃあ、あと少しで赤ちゃんに会えるよ」

茜の手を握って伝える。

看護師に着替えを手伝ってもらい、茜は病衣になった。俺も服の上から防護服のようなものを着せられ、陣痛から分娩《ぶんべん》、回復までを過ごす部屋に一緒に入室した。

「睦月さん」

ベッドに横たわり、茜は痛みに耐えながら俺を見上げた。

「睦月さんがいるから、お産を迎えられる。私、頑張るね」

「ああ、信じてる、茜」

がしっと握り合った手は夫婦で相棒の証。茜はこれから大きな仕事に挑んでくれる。

それから一時間後、茜は元気な女の子を出産したのだった。

その晩、俺は病室にいた。茜と生まれたばかりの女の子も一緒だ。

さっきまで両親と葉月、茜の両親が来ていた。出産直後ということもあって、面会は短い時間にし、赤ん坊は新生児室でガラス越しの対面だったけれど、家族はみんな新しい命の誕生を喜び帰っていった。

今、俺たちは病室で親子水入らずの時間を過ごしている。

「よく寝てる」

母乳を少し飲んだら赤ん坊は眠ってしまった。眠る顔は茜によく似ているように思えた。

「睦月さん、そっくり」

「え？　茜に似てるだろ？」

俺たちは顔を見合わせ笑う。きっとどちらにも似ているのだ。

「茜、本当にお疲れ様。ありがとう」

「睦月さんも離れずに傍にいてくれてありがとう。心強かった。お産の進みが速くていっきに痛みがきたでしょう。最初は驚いちゃった」

確かに茜のお産の進行はとても速かった。一般的な初産の分娩時間の三分の一程度で、痛みもいっきにきたから、茜もかなり不安になっていた。

医師が言うにはこれも個人差だそうだ。第二子以降の出産はもっと速く進行する可能性もあるそうで、周期的にお腹が張ってきたら、痛みがさほど強くなくても陣痛の可能性を考えてほしいとのことだ。

「睦月さんが落ち着かせてくれたから、どうにかパニックに陥らずに済んだよ」

そう言ってもらえると、少しだけでも役に立てたのではと思えた。お産という大きな出来事に挑んだ茜は、想像を絶する痛みに耐え、可愛い娘を産んでくれた。父親として、俺も手伝えたなら嬉しい。

「育児も、きっと大変なことの連続だと思う。一緒に乗り越えていこう」

「うん、頼りにしてるね。パパ」

茜の言葉に俺は思わず涙ぐんだ。眠る娘の柔らかくまだ薄い頬を撫で、目頭を拭うのだった。

桃花《ももか》と名付けた娘と茜が退院してきたのは六日後。予定通り、俺はその日から育休を取った。なお、〝桃花〟という名前は桃色から取っている。〝茜〟は茜色にちなんだ名前で、彼女の両親の好きな色だそうだ。桃色は俺と茜の好きな色だ。

「睦月さん、暖房少し暑いかも」

桃花を抱いた茜が言う。冬らしくなってきた寒い日なので、エアコンを効かせすぎた。俺は慌てて温度を下げて、ふたりを見やる。

「少し下げたよ。……ベビーベッドの準備してあるから、桃花を寝かせて」

「うん、ありがとう。桃花ちゃん、おうちだよ～」

今日から三人の生活が始まる。しばらく家事はすべて俺が引き受ける予定だ。

「睦月さん、見て～」

茜に呼ばれてベビーベッドに歩み寄ると、桃花が茜の指をぎゅっと握っていた。茜はでれでれしている。

「離してくれないの」

「あ、いいな。俺も」

反対の手に向かって俺も手を伸ばすと、桃花は俺の指もぎゅっと握った。

なんて可愛いんだろう。存在しているだけで可愛いのに、俺と茜を喜ばすようなことばかりする。もちろんそれが新生児の反射のひとつでも、親は子の些細《ささい》な仕草が嬉しいのだ。

すると、茜が顔を近づけてきた。ちゅ、と唇にかすめるようなキスをくれる。

驚きと照れで彼女を見つめると、茜は嬉しそうに微笑んだ。

「なんかしたくなっちゃったの、キス」

なんて可愛いんだろう。娘も可愛いが、妻も可愛い。俺は照れて赤くなりながら、ぼそっと答える。

「俺もしたいけど」

そう言って顔を近づけると、茜が目をつむった。

娘と手を繋いだまま、俺たちは優しいキスをした。家族の始まりの日に相応しいなと思った。

九　不安という濁り水

「可愛いわぁ」

夏目家の居間、義母はとろけそうな笑顔で腕の中の桃花を見下ろしている。

「私が赤ちゃんのときの方が可愛かったわよ」

わけのわからない張り合い方をするのは葉月さんだ。ソファに長く寝そべり、占領している。

年明け、小正月も終えた頃、私は桃花を連れて夏目家へ遊びに来ていた。お正月も来たのだけれど、義父が不機嫌そうにしていたので早々にお暇《いとま》したのだ。義父はまだ完全に私が仕事を続けるのを認めてはいない。反対を口にしないだけのようだ。

義母が可愛い初孫と遊びたいというので、平日を選んで遊びにやってきた。夏目家に到着すると、ソファに長く寝そべった葉月さんもいたわけなんだけれど。

「孫は手放しで可愛いの。子どもとは別」

「ふん」

義母の言葉に葉月さんは面白くなさそうに鼻を鳴らす。こんなお子様な葉月さんの態度にも、私自身慣れてしまった。

「まあ、兄さんに似てるから、桃ちゃんは可愛いわね。そこは認めてもいい」

「ありがとうございます、葉月さん。体調はどうですか？」

「最悪よ」

葉月さんが実家のソファで長くなっている理由は、彼女が現在妊娠三ヶ月目で体調が優れないからである。先日判明したばかりで、まだ家族しか知らないけれど、私同様つわりがあるので実家に戻っているそうだ。夜には実さんが毎日会いに来るらしい。

「何も食べられないし、ずっと気持ちが悪いし、吐き気で眠れないし」

「私、トマトとトーストだけ食べられましたよ。よかったら試してみてください。個人差があるみたいだから、駄目かもしれないけど」

「ん～、気が向いたらね」

葉月さんはクッションに顔を埋めた。

桃花は先ほど授乳したばかりなのでご機嫌にしていたけれど、徐々に眠そうな顔になってくる。

生後二ヶ月の桃花は眠ってばかりで、夜も一度授乳すれば三時間ほど眠ってくれる。赤ちゃんとしてはだいぶ楽な方なのだろうと思う。もちろん、これから発達していくごとに睡眠や授乳の様子は変わっていくに違いない。

「桃ちゃん眠そうじゃない？」

「あら、お布団持ってくるわね」

「茜さん、桃ちゃんこっち」

葉月さんが身体を起こし、お義母さんから布団を受け取り敷いた。体調が悪いのに、世話を焼いてくれるのだから、やっぱり桃花は可愛がってくれている。

寝かせてお腹をトントンとたたく。三人で見守っていると桃花はほどなくすやすやと眠ってしまった。

「思い出したわ。睦月にバースデーカードが届いていたんだった」

お茶を淹《い》れ替えに立った義母が言い出した。いそいそと持ってきたのは一枚のポストカード。

確かに睦月さんは来週誕生日だけれど、カードを送ってくるような人がいるのは意外だった。バースデーカードを送り合う習慣は、私の身の回りにはあまりない。私が義母からカードを受け取る間、葉月さんが顔をしかめていた。

見てもいいものかと迷ったけれど、ポストカードなので記載されてある内容が見えてしまう。

どこか海外の風景写真のカードに綺麗な字が並んでいる。

『Ｈａｐｐｙ Ｂｉｒｔｈｄａｙ ＭＵＴＳＵＫＩ
お互いに三十歳ね。近いうちに会いに行くわ。

ＥＭＩＲＩ』

それだけのカード。

「映見利さん……からじゃない？」

葉月さんが緊張感のある声で尋ねた。険しい表情のままだ。私は自分が呆然とカードを眺めていたのだと気づく。

「え、ああ。そう書かれてあります」

「知ってるでしょう？」

葉月さんが声をひそめる。映見利さんは睦月さんが大学時代に交際していた女性だ。確か、資産家の娘でモデルで、ご自身もアメリカで経営者をしているって……。

いつか葉月さんに見せられた経営誌の表紙を飾る女性の姿が脳裏をよぎる。

義母が悪気なく持ってきた様子を見ると、おそらく睦月さんの元恋人である映見利さんは覚えていても、名前を忘れているのかもしれないし、差出人の住所もフルネームもないカードからは想像できないのかもしれない。

ともかく、義母にまでこの波風を感じさせる必要はないだろう。私も葉月さんも互いの顔を見合わせ、唇を噛み締めた。

その後、義母が席を外したタイミングで葉月さんが口を開いた。

「茜さん、あなたのんきね。兄さんの元カノがこんな意味深なバースデーカードを送ってきたのよ？」

「毎年くれるんじゃないんですか？」

「私が知ってる限りじゃ、見たことないわ」

「三十歳の節目だから送ってきたとか」

「会いに行くって書いてあるじゃない！　兄さんが結婚したって知らないのかもしれないけれど、元カレにこんな文面を送る？」

葉月さんが私の代わりに憤っている。でも、葉月さんは映見利さんと睦月さんが復縁した方が理想なのではなかろうか。

そんなことを考えていると、顔に出ていたようだ。葉月さんにぎろりと睨まれた。

「茜さん、まだ私が兄さんと映見利さんを元鞘《もとさや》にしたいと画策しているように見える？　もう、桃ちゃんも産まれてるんだし、あなたと兄さんは幸せそうだし、水を差す気なんかないわよ。だからこそ、映見利さんの動向が気になるんじゃない」

「心配してくれてるんですね」

「茜さんがのんきすぎるのよ。いい？　あのふたりは嫌い合って別れたわけじゃないの」

どきりとした。気にしないようにしていた部分だ。

「映見利さんが渡米するときに、ふたりで話し合って別れたのよ。私の目から見たら、兄さんは捨てられたって感じだった。映見利さんはそのときの感覚のまま、まだ兄さんが自分を好きだと思っている可能性だってある」

「まさか……十年近く経っているんですから」

「油断しない方がいい。そうね、茜さんはまだるっこしいから、私から兄さんに連絡しておくわ。茜さんはそのカードをぽいっと兄さんに渡せばいい。言い訳してくれると思うし、牽制《けんせい》になるわよ」

そう言いながら、葉月さんはさっさとスマホで睦月さんにメッセージを送ってしまう。

どんな内容で送ったのか知らないけれど、あまり直接的な内容じゃないといいなと思った。元カノに嫉妬しているとは取られたくないもの。

「あ、んあー」

桃花が目覚めた。いきなり泣き出したので、私は抱き上げる。

「桃花、どうしたの？　オムツかな？」

「私にやらせて」

葉月さんが手にしていたスマホをソファに放り投げ、布団の横にひざまずく。私が桃花を寝かせると、オムツとおしりふきを準備し、ロンパースの股のスナップに手をかける。

「兄さんは、茜さんと桃ちゃん命だから大丈夫だと思うけど、嫌なことはきちんと嫌って言うのよ」

慣れない様子でオムツをあてがいながら葉月さんが言う。

「茜さんは空気読んでニコニコして済まそうとするところがある。そこが悪い」

「そ、そうですか～？」

「そうよ。……ああ、もううまくいかない。これでいいの？」

「大丈夫ですよ。ギャザーを立てて、こっちのテープをもう少しきつめに」

葉月さんにオムツ替えを教えながら、私は心に薄くかかった靄《もや》の存在を感じていた。

夫の元カノからのバースデーカードが届いたくらいで、気にするものじゃない。だけど、どうして気持ちがすっきりしないのだろう。

その日の夜、帰宅してきた睦月さんにバースデーカードを渡した。睦月さんは笑ってカードを眺めている。

「葉月から連絡をもらってるよ。『元カノには結婚を報告しろ。茜さんを不安にさせるな』ってね」

「葉月さん、そんなメッセージを送っていたの？」

私は夕食を温め直しながら苦笑いだ。やはり葉月さんは、根が優しい。こんな指示を妹からされては、睦月さんもたまらないだろう。

睦月さんはベビーベッドで手足をぐんぐん伸ばしている桃花にただいまの挨拶をしている。

それからキッチンの私の方へやってきた。

「映見利とは、もう本当になんの関わりもないから、誤解しないでほしい」

「うん、わかってるよ」

「俺自身、何年も連絡を取っていない。おそらく、三十歳の節目だから連絡をしてきたんだろう」

「あー、やっぱりそういう感じだよね」

私の想像を肯定するように睦月さんも言う。その顔に嘘なんかあるはずもない。私は安心して、隣にいる睦月さんの腕に頭をもたせかけた。

「大丈夫、気にしてないから。葉月さんが、私を気遣ってくれてね。茜さんからじゃ言いづらいだろうからって連絡してくれたの」

実際はまだるっこしいと駄目出しされたのだけれど、表現はマイルドに変えておく。

「でも、俺も茜に心配させたくはない。映見利には結婚したことと子どもが生まれたことを連絡しておくよ。忙しい時期だってこともね」

睦月さんはなんのやましい様子もない。当たり前だろう。彼からすれば、終わった恋。今は私と桃花がいる。

「逆に困らせてごめんね」

「全然困ってなんかいないよ」

それ以上この件については会話をしなかった。睦月さんが映見利さんにどんな連絡をするとか、いつするつもりかとか、そんな詮索もしない。うっとうしい態度は見せたくない。

しかし翌日、葉月さんからスマホにメッセージが届いた。

【これ、見て】

URLをタップするまでもなく、ネットニュースの見出しが表示されている。

『モデルのエミリ、凱旋《がいせん》帰国。実業家としても活躍』

サムネイルの女性は間違いなくあの映見利さんで……、おそるおそるタップした記事の概要はこんな内容だった。

『日本で十年前に活躍したモデルのエミリは渡米し、今はIT分野で実業家として成功している。そんな彼女が一時帰国。ニュービジネスのためか、プライベートか』

気にしなくていい。すぐにそう思った。

あのポストカードにあった『会いに行く』が本当にそのままの意味だったからと言って、彼女に他意があるとは限らないのだ。

本当に昔を懐かしんでいる可能性もある。

「んああ、なあー」

腕の中で桃花が声をあげる。私は慌ててスマホを置いて、娘の顔を見やった。

「ごめんね、桃花。おっぱいかな？　オムツかな？」

赤ん坊でも娘の前で動揺してしまったことに、妙な焦りを覚えつつ、頭を切り替えようと必死になった。

数日の間、平和な時間が続いた。翌週には睦月さんの誕生日があった。昨年はふたりきりの甘い時間を過ごしたが、今年は桃花と三人でお祝いをした。

外食は最初から考えていなかったが、桃花の機嫌がイマイチよくなくて、予定通りのお祝いメニューは作れなかった。結局、睦月さんがケーキを取りに行き、デリバリーを頼んでくれてお祝いの席が整った。その頃には疲れ果てた桃花は眠ってしまい、私と睦月さんは苦笑いだった。

同じ週に、来月の桃花の生後百日祝いについても話し合った。本来はお食い初めという、赤ちゃんのための行事がメインなのだけれど、義父はパーティーをしたいらしい。孫のお祝いの個人的なパーティーと言っているものの、おそらくは会社関係者や取引先の人間も招いてビジネス側面の強いパーティーにしたいのだろう。

初孫のためと言われれば無下《むげ》にもできないので、そのあたりは睦月さんが色々段取りを組むこととなった。

その週末に睦月さんが思わぬ提案をしてきた。

「映見利さんと、食事？」

「ああ、どうかな」

睦月さんは遠慮がちに尋ねる。夕食の食卓で、私はたった今眠ったばかりの桃花をベッドに寝かせようか迷っているところだった。

「結婚と子どもが生まれたお祝いをしたいと言われてるんだ」

「そ、そう」

思わず声が上ずった。正直に言えば嫌だ。ふたり共通の友人ならともかく、私が完全に知らない人に祝われるのは違和感がある。それに、相手は睦月さんの元カノ。

こんなふうに考えるのは心が狭いのだろうか。

「茜はあまりいい気はしないよな。それは当然だと思う。ただ、ビジネスの話もしたいと言われていて。彼女はすでに一流の企業家。なつめ屋の利益に繋がる案件になるなら、俺の一存で断るのも悩んでいてさ」

睦月さんの話す意味がわかった。お祝いは建前で、本当はこのビジネスの話がメインなのだ。

しかし、相手が元カノということもあって、ふたりきりで会うのは憚《はばか》られる。この会食の誘いは、妻たる私への心配りなのだ。

「直接聞いたわけじゃないけれど、映見利には長く交際しているパートナーがいるって報道もある。昔の話だし、お互いにもう友人としての感情しかないから、そこは安心してほしいんだ」

「もちろん、睦月さんを信頼してるよ」

私は敢えて元気な声で言った。自分を鼓舞するように。

「お祝いしてもらえるなんて、嬉しいね。桃花も私もおしゃれしていかなくちゃ」

「美味しい店を予約するよ。彼女、日本が久しぶりだから、和食にするつもりなんだけどいいかな」

その言い方に引っかかりを覚える私はつくづく子どもだ。睦月さんは当たり前の優しさを元カノにも見せようとしている。睦月さんらしいそういったスタイルが気になるなんて。

でも、ビジネスや会食の流れになるまで、実際どれほど彼女とやり取りをしたのだろう。この数日、しょっちゅう連絡を送り合っていたのだろうか。彼女に和食が食べたいとリクエストされたのだろうか。

駄目だ。そんなつまらない考えはやめよう。

「和食なら、お座敷のところが助かるなあ。桃花を寝かせておけるし」

「そうだね。そういったところを選ぶよ」

夕食はいつも通りなごやかだった。私の内側だけがさざ波のように揺れていた。不安で濁った水面が。

食事会は翌週、平日の夜に新宿《しんじゅく》のホテルで行われた。

老舗のホテルは美術館のようなシックで落ち着いた内装で、ふるめかしくも重厚な雰囲気は安心感がある。

七階のてんぷら屋が会食の場だった。新生児用の抱っこ紐《ひも》で連れてきた桃花はずっと眠っている。用意してもらったベビーバスケットに寝かせても起きない。私と睦月さんは桃花の健やかな寝息に安心して、並んで席についた。

「間もなくかしら」

「ああ、到着したみたいだよ」

睦月さんがスマホを見て言う。そんな連絡まで取り合わなくてもいいのに、と胸がチクチクする。

やがて、ふすまが開いた。案内されて入ってきたのは見事な黒髪ロングヘアの女性だ。背がかなり高くて細い。

黒のクロップドトップスに同じく黒のワイドパンツという気取らない格好だけれど、それらすべてはハイブランドだろうことが想像でき、彼女の抜群のスタイルだからこそ着こなせるアイテムなのだと感じる。

中性的な顔立ちは整っていて、一重で切れ長の瞳は格好いい。あの雑誌で見たままの人である。

映見利さんだ。

「可愛い！」

映見利さんの第一声がそれだった。私たちの近く、ベビーバスケットで眠る桃花を見ての感想だ。眠る赤ん坊を前にしては、大きすぎるくらいの感嘆の声だった。

「すごく可愛いわ！　睦月にそっくり！」

「映見利、久しぶり。最初の挨拶がそれ？」

睦月さんが苦笑いで話しかけると、彼女は笑って私たちの前の席についた。粗雑な仕草なのに、元が洗練されている人間がするとそう見えない。

「ごめんなさい。久しぶりね、睦月。そしてはじめまして、茜さん」

ぱっと笑った映見利さんはとてもキュートだ。シャープでクールな美人だからこそ、無邪気な笑顔がチャーミングに見えるのだろう。

「ご結婚とご出産おめでとう。お祝いに月並みだけどお花を用意したの。ご自宅に明日届くから、受け取って」

今の家の住所まで睦月さんは話したのか。駄目だ、いちいち引っかかってしまう。目の前のパーフェクト美女を見たら、嫌なことしか考えられなくなっている。

「急な帰国だったね」

「実家の用事なの。ビジネスの話もあるけど、実家の相続やら何やらがあってね」

「ご両親は？　まだ赤坂に住んでるんだろ？」

「元気よ。そうそう、実家も両親も変わらず。今回は祖父母の動産、不動産の相続関係でね～」

てんぷらを中心としたディナーコースを楽しみながら、睦月さんと映見利さんはしきりに会話している。

その端々に互いのあらゆる事情を知っているという雰囲気がにじむ。私は桃花の寝顔を見たり、相槌を打ったりしながら食事を進めた。置いてきぼりの気持ちが拭えない。

「ニュースで出ていたパートナーの男性は？　今回は一緒じゃないのか？」

「ああ、セスなら別れたわ。三年くらい一緒にいたけど、私が仕事を熱心にすればするほど合わなくなっちゃってね」

映見利さんはあっさりと答える。つまり、彼女はフリーということ。最初は知らなかったとはいえ、フリーの女性が元カレに会いに来ている状況になる。彼女の行動には何か意味があるのだろうか。

「それにしても、私のプライベートって日本でも報道されるのね。モデルなんかに足を突っ込んだから、見た目だけの実業家って馬鹿にしながらネタにしたいパパラッチがいるのよねえ」

「人気者だと素直に取っておけばいいだろ」

「睦月だって、見た目だけの人気者は嫌だって昔散々言ってたじゃない」

ああ、このふたりは青春の大事な部分を共有しているのだ。そこが何より苦しい。見た目だって完全に負けているけれど、それより精神的な部分で、夫と元恋人が共感し合う姿がつらい。

「ねえ、睦月、茜さんについてもっと教えて。ずいぶん可愛い人を選んだんじゃない」

私がいじけているせいだろうか。その言葉は最初の頃の葉月さんを彷彿《ほうふつ》とさせた。

『あなたのタイプの女性じゃないでしょう』そう言っているように聞こえてしまう。

「茜とは古い付き合いでね。中高の後輩なんだ。仕事を通して再会して、俺が三年も片想いをして結婚した」

「すごい、情熱的」

感嘆の声すら馬鹿にしているように聞こえる。映見利さんの言葉にそんな意図はない。私のとらえ方がおかしい。

「中学高校ってことは私より知り合い歴は長いのね」

「ああ、そうだよ。今日は、きみに自慢したくて連れてきたんだ」

「ふふふ、睦月って、優しいけどあんまり踏み込んでこないタイプだと思ってた。そ

れが居心地よかったんだけどね。でも、結婚すると愛情深いのね」

「大好きな妻と授かった我が子に愛情を注ぐのは当たり前だろう」

睦月さんは、映見利さんに堂々と話す。彼なりの誠意だろう。取ってつけたような

ポーズじゃない。彼は心の底からそう思ってくれていると私が一番わかっているのに、

心がひしゃげていてうまく笑えない。

「控えめで優しそうで可愛い人。睦月、いい女性と結婚したわ」

「ああ」

そこで桃花がふにゃあと小さい声で泣いた。寝ぼけてぐずぐずし始めたのだ。私は

急いでバスケットから抱き上げる。

「あ～、赤ちゃんって可愛い～。仕事が楽しすぎて、私は産むなんて考えられないけ

ど」

映見利さんの言葉におそらく他意はない。

だけど、私は心の中で呟いた。私だって仕事が楽しかったし、大事にしてきた。それでも、キャリアを中断して子どものいる人生を選んだ。そんなに簡単に言わないでほしい。

「今は男女協力で育てるのが日本のスタンダードになりつつあるんでしょう。睦月、仕事していられるの？　たくさんお休みしなきゃいけないんじゃない？」

「育児負担は半々に近づけられるようにする。必要なら休みを取るのも当然だ。家族を支えられない人間が、仕事をできるはずがない」

「ま、強い言葉」

映見利さんは明るい笑顔になる。

「私たち、大人になったわね。きっと大学生の頃には選択できなかった未来も、今なら選べる気がするわ」

どういう意味だろう。私は聞けないし、睦月さんは聞き流しているようだった。

「あの頃、すごく楽しかった。私、睦月と付き合っていた時代を今も思い出すのよ」

「そうか、それは光栄だよ」

「これからも睦月とはいい関係でいたい」

どくんと心臓が拍動した。妻の前では宣戦布告にも聞こえる言葉だった。

それとも私の考えすぎなの？

「本題のビジネスの話か？」

睦月さんは意にも介さないといった様子で言い、映見利さんが声をあげて笑った。

「さすが、睦月。話が早い～」

「茜、すまない。少しうるさくなるけれど、桃花がぐずるようなら散歩してきてもいいから」

「……うん」

私は曖昧に微笑んで、ぐずぐずし始めた桃花をゆすった。結局私が離席したのは、隣に用意してもらった授乳室で桃花に授乳をするときだけだった。

桃花もいるし、平日なので会食はそう長引かずに終わった。

帰宅して、桃花のお風呂の準備をしながらぐったりと疲れている自分に気づく。手足に力が入らないし、もう何も考えたくない。

正直に言えば、映見利さんの存在は鮮やかすぎた。生まれ持った美貌《びぼう》とスタイルを磨き上げ、社会的にも成功者となり、華々しく昔の恋人の前に現れた彼女。確固たる自信があるからだろう、無意識の振る舞いすべてが私のコンプレックスを刺激する。

自分がこれほど卑屈な人間だと思わなかった。

だって、今日彼女に会ったことを後悔している。

過去、あんな人と睦月さんが愛し合っていたなんて、苦しい。

「今日はごめん、茜」

「何が？」

何食わぬ笑顔でこんな答え方をする私も歪《ゆが》んでいる気がした。

「退屈だっただろう。仕事の話になっちゃって」

謝ってくれるなら、そっちじゃない。そう思いながら私は彼を見やる。

「なつめ屋の海外進出……素敵だと思う」

映見利さんの提案は、なつめ屋店舗を米国に作らないかというものだった。着物は海外でも人気がある。販路としては有りだと、私も想像ができた。

「ビジネスパートナーとして、映見利さんは申し分ないんじゃないの？」

「そうでもないよ。話してわかったと思うけど、彼女は我が強い。なんでも自分の思い通りにしたいタイプなんだ。ビジネスの相手となると、リスキーな側面もある。勝手にあれこれ動かれても困るからね」

「実業家って得てしてみんなそうなんじゃないかしら」

「うちの古参幹部たちとは揉めそうだよ」

こんな話じゃないでしょう。上滑りする表向きの話をしたいんじゃない。私は睦月さんに対しても苛立っていた。

「あと……映見利が色々と配慮のない言い方をしていたよな。気にしないでほしい」

その言葉にいっそうかちんときた。どうして彼女の立場に立って、フォローを入れるのだろう。

自信満々な無神経さ。何より彼女の不穏な言葉。まるで、これからまた関係を構築し直したいとでもいうような危うい態度。あの場で否定しなかったのは睦月さんでしょう?

「別に何も気にならなかったよ」

嘘つきだ。

ここは私が怒るべきところだと思う。なんなの、あの人。無神経すぎない?

私は赤ちゃんが欲しくて子どもを産んだけど、仕事が楽しくなかったわけじゃないわ。

既婚者夫婦に対しての態度じゃないよね。

ビジネスを理由に元カレを食事に誘うのも、非常識だと思うし、明らかに睦月さんとの今後の関係を匂わせているじゃない。

私は宣戦布告されたの？

それら、全部をはっきり拒絶しなかった睦月さんもおかしいよ。

「お仕事だもの」

私は自分の苛立ちを心の奥に押し込んだ。そう、今夜はビジネスの話が本題だった。そう思おう。私は気にしていない。気にならない。これで騒ぎたてたら、余計自分を嫌いになってしまいそうだもの。

「さあ、桃花をお風呂に入れちゃおう。これ以上、夜更かしはさせられない」

「俺が入れるよ」

睦月さんが言うので、私は桃花の着替えやタオルの準備に入る。

「茜」

名前を呼ばれ振り向いた。

「なあに？」

「本当に誤解しないでくれ。俺はもう映見利に対してはなんの感情もない。だけど仕事上、利益になるかもしれない問題を、俺ひとりの判断で切り捨てられない。映見利の今日の提案を本社の会議で議題にするつもりだ」

「わかってるよ。映見利さんの手を借りたらスムーズに米国進出できると思うし」

「俺自身、今はそのタイミングじゃないと思ってる。でも、一応社長や役員たちの反応も見たい。映見利と連絡を取り合うとしたら、本当にビジネスのことだけ。信じてほしい」

真剣に言う睦月さんの言葉に嘘はないはず。

やはり私の心の問題なのだろう。私はまだどこかで学生時代のアイドルだった彼とモブだった私の格差を感じているのだ。

平等で、対等で、同じ人間として尊重し合った夫婦でいるつもりだ。

だけど、心の片隅で学園の王子様を手に入れてしまったという引け目がある。だからこそ、真に相応しいプリンセスのような女性を前に、コンプレックスが全開になったのだ。

恥ずかしい。悔しい。だけど、どうしても映見利さんの方が睦月さんに似合うように思えてしまう。

「信じてるに決まってるじゃない！」

私は大きな声で言った。明るい笑顔を作って。

「仕事とプライベートをごっちゃにするほど、子どもじゃないよ。映見利さんは、睦月さんとの再会が嬉しくてあんな雰囲気だったのよ。大学生の青春時代を一緒に過ごしたんだから、同じ感覚で喋っていただけでしょう。私は気にしてないよ」

私の言葉に、睦月さんが桃花を抱いた格好でかすかに肩の力を抜いた。

「そうか……、なんか勝手に心配して言い訳してごめん」

「ふふ、大丈夫大丈夫」

嘘つきな私はざわざわする胸をそのままに、着替えを取りに寝室に向かった。

苦しかったし、嫌な気分だった。

十　本当に大事なのは

映見利との会食から数日が経った。

なつめ屋の海外進出という大きな提案は、いきなり議題にあげるのも憚られる内容だった。父と古くから会社を支えてきた古参の役員たちは難色を示すだろう。以前はショッピングモールにテナント店を出すのも、拒絶反応を見せる社員が一定数いたそうだ。

まずは会議で雑談程度に話を出してみて、反応がよければ提案資料を作ろうと考えていた。

しかし、一方で俺自身がまだ海外進出という方向性に可能性を見いだせないでいる。同業他社で成功例はある。しかし、ネットが発展した今、わざわざ店舗に日本の民族衣装である着物を見に来る客が、海外でどれだけいるだろう。

織物の風合いや染めた地の美しさは、芸術性も高いから、物めずらしさに最初は集客ができるだろう。しかし、それがずっと続くとは思えない。

海外進出を考えるなら、二の矢を持つべきだ。それが俺の中でクリアにならないうちは、動きたくない。しかし、映見利の持っているコネクションは魅力的であり、利用できるチャンスが今なら検討はしておきたい。

映見利と連絡を取るのはそういった打ち合わせがほとんどで、仕事中に画面通話などに限定し、直接会いに行って打ち合わせというのは避けている。

と、いうのも茜の元気がないからである。

会食の日、茜は明らかに苦しそうな表情をしていた。居心地悪そうな、悲しそうな様子だった。

映見利が無神経な態度だったのは間違いない。仕事が楽しいから子どもは産めないなんて言い方、知らないとはいえ仕事を頑張ってきた茜を馬鹿にしている。俺に対して馴《な》れ馴れしいのも、彼女は昔と同じ気でいるのだろうけれど、既婚者相手の態度ではない。

声を荒らげたりすれば自意識過剰かとも思ったし、せっかく円滑にビジネスの話をしたいと考えている相手なので、俺も受け流すにとどまった。

昔から映見利は自分に多大な自信があった。ひとり娘として、モデルとしてすべてにおいて尊重されて生きてきた彼女は、葉月とは違った意味で女王様。人生の主人公は自分だと信じて疑わないタイプだ。

大学時代はそういった態度がべたべたしていなくて楽だったのだけれど、大人として接すると極端に我儘に見えた。

嫌いで別れた女性ではない。だけど大学四年時、彼女が渡米の意思を示したのを俺はどうしても止めたいとは思えなかった。夢があるならいいじゃないかと励まし送り出した。別々の人生を歩むのはむしろ自然だと思えた。

茜に恋した感情とはまったく違うのだから、学生時代の俺も子どもだったのだろう。

俺も映見利もごっこ遊びのように恋をしていたにすぎない。

だから、今、映見利の強烈なパワーに当てられて茜が元気をなくしているのが心配だ。茜自身は気にしていないと言っていた。しかし、茜は同じ女として彼女に思うところがあったのではなかろうか。

やはり結婚なんかすべきじゃなかったと思っていたらどうしよう。子どもさえいなければ、自分だってもっと仕事に邁進できたと後悔していないだろうか。

だけど、彼女に面と向かって『結婚を後悔してる？』『映見利のように自分のキャリアに集中したかった？』などと聞けない。

ああ、映見利の存在は、俺たち家族には毒々しすぎた。茜に会わせたことを後悔している。茜の心を揺らがせていたらと思うと、俺も不安でいっぱいになる。

「睦月さん、睦月さん」

声をかけられ、俺は自分がソファでぼうっとしていたのに気づいた。

「そろそろ出勤でしょう？　どうしたの？」

茜が桃花を抱いて俺を覗き込んでいる。茜は笑顔だけれど、最近顔に疲労が見える。桃花は首が据わってきたが、夜起きる回数が増え、茜も以前より眠れていないようだ。俺も抱っこを代わったりしているが、気づかないで眠っているときも多いようで、茜の方が対応の頻度が高い。精神的な疲労に、育児の疲労。責任を感じてしまう。

「ちょっと考え事。なんでもないよ」

「それならいいんだけど……、スマホ鳴ってたよ」

ダイニングテーブルに置いたスマホの話だ。

「映見利さんの名前が表示されてたの見えちゃった。ごめんね」

「謝る理由はないだろ」

やましい相手じゃないから、通知には名前が載るようにしてある。隠したりしていない。しかし、出勤前の時間帯に電話をしてくるのだからやはり非常識だ。

スマホを開くと案の定、【私の滞在してるホテルのモーニング、最高よ。一緒に食べない？】というメッセージ。

学生気分でも、既婚者にする誘いではない。

【食事は家族と取るから誘わないでくれ】

そう返す。メッセージの内容は茜に見せていないけれど、すぐに返信したのは見られている。

「久しぶりの日本だから、くだらないことで連絡をしてくるんだ。マネージャーも一緒に来ているそうだから、ひとりで退屈というわけでもないだろうに」

「睦月さんと喋りたいのよ」

「俺は仕事の話以外するつもりはないよ」

そう答えておいて、茜の表情が曇っているのが気になって仕方ない。俺は茜の頬に触れたい気持ちを抑え、桃花の頬に触れた。

「なあ、茜。俺が好きなのはきみで、大事なのはきみと桃花だ」

「わかってるって」

そんな疲れた笑顔で答えないでほしい。映見利と疑われるような関係ではない。しかし、あの日映見利が俺に見せた気安い態度や今後の関係についての発言が、茜の心に引っかかっているなら、やはり俺はこのままではいけないのだ。

「映見利にはプライベートまで連絡してこないように言う。きみも気になるだろう」

「突き放すような態度はいけないよ。お仕事の繋がりもあるでしょう」

「そのあたりもケリをつけて、彼女に学生気分をやめてもらうように言うよ」

正直に言えば、映見利にはこれ以上俺の家族に関わってほしくない。茜の心の刺激になってほしくない。

「茜、あまり眠れていないんだろう。桃花のお昼寝のときに少しでも眠って。今日は仕事で遅くなるから、俺の分の夕食は気にしなくていい」

「うん、……わかった」

茜はくたびれたように笑った。茜が何を考えているのか、俺にはわからなかった。

彼女は我慢強く、つらいことを抑え込んでしまうタチだ。

だからこそ、彼女の不安や後悔を煽るようなものは排除したい。


その日の役員会議で、俺は海外展開について話題を出した。雑談程度の様子窺いではなく、率直に意見を聞きたいと持ち出した。チャンスは来ているが時期尚早という俺の見解を交えてだ。

古株の役員たちは保守的なので俺の話にもっともだと頷いた。話題になっても、長続きしない勝負はすべきではない、と。父だけが『そんな話があるなら詳しく聞きたい』と言ったけれど、それは俺が個人的に説明する約束で決着した。

海外進出。いずれ考えるにしても、このチャンスではない。映見利の手を借りるなど、やはり最初から間違っていたのだ。彼女のやりたいように舵取りされるのもなつめ屋の方針とはズレるだろうし、失敗したときのリカバリー案がないうちに乗り出すべきではない。

ようやく固まった俺の気持ちを映見利に伝えに行こう。

そしてはっきりと言うべきだ。昔のような気安い関係にはもうなり得ない。すべてにおいて、大人として接してほしい。連絡をしてくるのはやめてくれ、と。

自意識過剰に聞こえてもいい。茜が嫌な思いをするよりずっといい。本当は映見利と会食をしたあの日にこの決断と行動をすべきだったのだ。

反省から、俺は会議が終わるなり映見利にメッセージを送った。

【今夜、少し打ち合わせできないか？　なつめ屋の方針が決まった】

返信はすぐにきた。

【二十時過ぎなら会えるわ。私が泊まっているホテルに来て】

宿泊先のホテルというのも何か引っかかる。俺はその近隣にある別のホテルのカフェラウンジを指定した。二十二時までは開いているところだ。

二十時より少し前にホテルのロビーに到着すると、ほぼ間を置かずに映見利がやってきた。上質なコートは羽織っているけれど、前を締めていないため胸元が大きく開いたブラウスと、大きなスリットの入ったロングスカートが見えた。こういった服装は、おそらく彼女自身の性的魅力のアピールではなく、似合うという自負からだろう。

ロビーに隣接した開けたカフェラウンジを見やって苦笑いする。

「もう少し、気の利いた個室とかなかったの？」

「仕事の話とはいえ、既婚者の俺が女性とふたりで個室のレストランやホテルの部屋というのは好ましくないからね」

「つまらないことを気にするのね。私のプライバシーの方を尊重してほしかったわ」

映見利はサングラスを外し、俺の前に立って歩きだす。

予約していた窓際の席につく。一面ガラス張りの壁面からはライトアップされた中庭が見えた。

「呼び出してすまない。まずは仕事の件だけれど、なつめ屋の考えとして、今回きみの提案する海外店については見送ると決めた」

「あらそう」

映見利は引き止めたり焦ったりする様子はない。もうこの件について興味はないと言わんばかりだ。

「まあ、睦月のご実家、古いおうちだものね。慎重よね、そういった新事業は」

「俺自身も今はそのときではないと感じているし、もし国外に商圏を広げるなら、きみに頼らずやるよ」

ふ、と映見利は笑ったのか息をついたのかわからない音を発する。俺が訝しく見ると、彼女は薄く笑みをたたえていた。

「じゃあ、今日の本題は？　オンライン打ち合わせじゃなくて、わざわざ会いに来たっていうのは理由があるんでしょう」

「ああ、仕事の件はこれで終わった。今後はプライベートな関係になるわけだが、連絡を控えてほしい。妻に誤解されたくない」

「あなたの可愛い奥さんは繊細なのね」

映見利が景気よく笑う。感情的なのではなく、彼女はよく相手をコントロールするためにわざと怒らせるような態度を取るのだ。しかしこちらはそんな手の内も知っている。挑発に乗る気はない。

「彼女は何も言っていないよ。だから、俺の誠意の問題。きみは感覚が違うかもしれないけれど、元恋人と頻繁に連絡を取り合うのは既婚者として自覚のない行動なんだよ」

「睦月、あんなに優しかったのに、冷たい大人になっちゃったのね」

その笑いを含んだ口調も挑発だ。俺はペースを守るため嘆息し、逆に尋ねた。

「自意識過剰な質問ですまないが、映見利、もしかして俺とやり直したいと思っているのか？」

直接的な質問がくるとは思わなかったのだろう。映見利はシャープな一重の目をわずかに見開き、それから笑った。

「うん、それもいいかなって思ってた」

あっけらかんと答えられ、俺は彼女の言動に納得がいった。やはりすべて茜と俺の関係を揺らがせようとしていたのではないか。

「今まで何人かパートナーがいたけれど、みんな睦月みたいには頭が回らないの。ビジネスパーソンとしても、恋人としてもつまらない。私の中で最高得点はずっと睦月」

「買いかぶりだ。きみは学生時代の思い出を美化してるだけだよ」

「そんなことない。睦月となら、成長し合える関係が築ける。私は確信してるの」

映見利は強い口調で言い、肩をすくめた。

「もう一度恋愛しようと思って来日したら、結婚して子どもがいるとはね。まあ、あなたのご実家の考えなら三十前に結婚は当たり前かあ」

そこで言葉を切って、内緒話をするように俺に顔を近づけた。

「ねえ、私とシリコンバレーに来ない？」

「何を言い出したんだ？」

「あなたの会社は私が買ってあげる。一族経営なんて流行らないし、あなたの後の社長は優秀な社員から出せばいい。あなたの奥さんと娘に充分な離婚の慰謝料も払ってあげる。生涯安楽に暮らせるようにしてあげられるわよ」

呆気にとられながらも俺は映見利から距離を取るために椅子を引いた。彼女に向けた表情はこわばっているだろう。

「ねえ睦月、私と来て。アメリカで公私ともに支え合っていきましょう。あなたの本性は冒険心のあふれる魅力的な男。私は知ってる」

怒らせようとしているのではない。映見利はこんな言い方だが、真剣に俺を誘っているのだ。

そうやって手に入れられると思っているのだ。

映見利の中で、やはり俺は二十代前半の若者のままなのだろう。ちょっと賢い、彼女のお気に入りのボーイフレンド。

「映見利、迷惑だ」

俺ははっきり言った。こわばっていた表情筋が緩み、自然と笑顔になっていた。それは少し寂しい笑顔に見えただろう。

「もう大人になってくれ。きみの理想の夏目睦月は、きみの思い出の中にしかいない。俺にはもう守るべき家族と、仕事上の役割がある。どちらも俺の誇りだ。軽んじないでくれ」

「私が迷惑なの？」

映見利は本当に子どものような顔をしていた。突然突き放され驚いているといった様子。今まで誰も彼女を強く非難したり、拒絶したりしてこなかったのかもしれない。

「ああ、きみが俺を手に入れようと頻繁に連絡を取ってきたり、妻の前で大胆な誘いをかけたりするのは迷惑だ。俺にとって茜は世界で一番大事な女性で、絶対に失えない存在なんだ。きみの行動で傷つけたくない」

映見利はしばらくうつむいて黙っていた。沈黙は数分に及んだだろうか。やがて映見利は立ち上がった。

「ごめんなさい。睦月ならって思ったけど、見当違いだったみたい」

背を向けこちらを見ずにぼそりと言った。

「無神経だったわね。さよなら」

去っていく後ろ姿を見送り、これでよかったのだと思った。罪悪感より安堵《あんど》が勝った。

あの頃、俺たちはお互いを魅力的に思って隣にいたけれど、同じ理屈でいつまでもはいられない。年を重ね、生きる場所が変わり、守るべきものや大事なものの優先順位が変わっていけば、離れるのは自然なのだ。

彼女の中に残っていた若い俺が、早く消えてなくなるのを祈った。それが映見利のために違いない。

その後俺は実家に顔を出した。すでに二十一時を回っていたけれど、父が海外進出の件について詳しく話せと言うからだ。俺は映見利との話し合いがあったし、父は外出と会食が入っていたため、実家で会えたのもこの時間になってしまった。

経緯と俺の意見を話し、時期尚早だと説明し、父が納得するまで一時間ほど。

自宅のマンションに帰宅するとすでに深夜だった。

「ただいま」

暗い室内に小さく声をかける。そのとき、何か違和感を覚えた。家が妙な感じなのだ。

リビングの灯りをつけると、部屋は綺麗に片付いていた。違和感の正体を判断しきれずに寝室のドアを開ける。

「茜」

小さく声をかけ、すぐに気づいた。茜と桃花がいない。普段ふたりはシングルベッドに並んで眠っているけれど、俺のベッドも彼女のベッドも空だった。

バスルームも他の部屋にもいない。壁にかかっていた抱っこ紐と茜のコートがないと気づく。違和感は人の気配のなさだったのだ。

「茜……どこに？」

慌ててスマホに連絡をするが、繋がらない。

茜の実家に電話を、と思ったが、もう深夜だ。もし彼女の実家で義両親の急病などがあれば、連絡どころではないかもしれない。そうだ。騒ぎすぎず、朝まで待とう。

俺は焦る気持ちを抑えて、明け方まで起きていた。

ハッと気づいて時計を見ると朝六時だった。うたた寝をしていたようで、カーテンの隙間からわずかに明るくなった空が見えた。エアコンをつけっぱなしでいたため凍えることはなかったけれど、喉が乾燥し、やはり少し寒さを覚えた。身震いをして、そこでようやく近くに置いていたスマホにメッセージが入っているのに気づいた。

「茜？」

メッセージはやはり茜からだ。

【桃花と少し家から離れます。落ち着いたら戻るので心配しないでください】

どういう意味だろう。俺は訝しく何度も同じ文面を読んだ。

電話をかけてみたが、やはり茜は出ない。もう少し明るくなったら、茜の実家に連絡をしてみようか。

すると、メッセージが入った。見れば、葉月からだ。

【これ、どういうこと？】

葉月のメッセージの次に送られてきたのはニュース記事。海外のサイトのようだ。開いてみて驚いた。昨日のホテルでの俺と映見利が映っている。ちょうど彼女が俺に顔を近づけて話しているシーンだ。

どうやっても親密な男女の様子に見える。

記事の内容はこうだ。

『モデルで実業家のエミリに新恋人発覚』『日本で人目も憚らず密会』『この後ふたりはホテルの部屋へ消えた』

最後の文章は完全に捏造《ねつぞう》だ。

記事は昨晩二十一時の時点であがっている。海外のゴシップニュースサイトのようだが、もしかして茜はこのニュースを見たのだろうか。

映見利にはしつこいパパラッチがいるとは聞いていたけれど、まさかこんなところを撮影されるとは。

俺は即座に葉月に電話をした。

「葉月、このニュースを茜に伝えたのか？」

『よくもまあぬけぬけと。兄さん、自覚がなさすぎじゃない？』

葉月はものすごく怒っている。もともと感情的な女だが、激怒していると話が通じない。

「茜に言ったのかと聞いているんだ、このデマニュースを！」

『写真撮られておいて何がデマよ！　私が教えたけど、ＳＮＳでは顔を近づけて親密そうに喋ってる動画も出てるし、すぐに茜さんの耳にも入るだろうって思ったわ。その前に教えたのよ！』

余計なことを、と思ったが、葉月を責めるのはお門違いだ。すべては迂闊《うかつ》だった俺が悪い。写真も動画も、好きなように編集していかにもなゴシップ記事はいくらでも書ける。多くの人間が消費しやすい面白おかしいニュースにできる。

「だけど葉月、本当に誤解なんだ。俺は映見利に仕事の断りと、連絡をしてこないでほしいと伝えに行った。茜を裏切るような行動はしていない」

『茜さんが兄さんを信じていれば、いなくなったりしないでしょ』

俺はその言葉に飛びついた。

「茜の行き先を知っているのか？　実家じゃないのか？」

『兄さんには言わない。茜さんはたぶんこのニュースより前から不信感があったんだと思うわよ。不安にさせたのは兄さんじゃない。あれほど言ったのに、兄さんは八方美人よ。一番大事なもの以外、全部捨てなさいよ！』

葉月の叱責はもっともだった。利害など考えずに、俺がもっと早く映見利を遠ざけていればこんなことにはならなかった。あれほど茜が大事だと映見利に宣言しておいて、結局茜を傷つけたのは俺の行動に他ならない。

しかし葉月が茜と桃花の失踪《しっそう》に関わっていて、行き先を知っているなら手掛かりは妹だけ。

「葉月、茜の居所を教えてくれ。俺は茜に会わなければならないんだ。誤解を解きたい。何より不安にさせたのを謝りたい」

『私は今、茜さんの味方』

「葉月、頼む！」

やり取りは三十分にも及んだが埒が明かず、結局俺は会社に有給休暇の連絡をして、葉月のマンションに押しかけた。怒っている葉月にはいっそうなじられ、無視をされ、俺は頭を下げ続けた。諦めるわけにはいかない。茜が電話に出てくれない以上、唯一の手掛かりなのだ。

散々の問答の末、ようやく葉月がヒントをくれた。

「実の……興澤家の別荘。熱海《あたみ》にある」

本当に不本意そうな声音だった。思えば、葉月もつわり中で無理をさせてしまったとようやく思い至る。

「わかった、実くんに連絡を取らせてもらう。ありがとう、葉月。体調が悪いのにすまなかった」

「うるさい。もう、しばらく兄さんとは顔を合わせたくもないわ」

葉月はつんと顔をそらし、俺を追い出すように玄関に押し出した。

俺は葉月の家を出て、出勤している実くんに電話をした。午前の仕事中だろうが、実くんは出てくれた。

『お義兄さん、茜さんのことを黙っていてすみませんでした』

実くんは事の次第を話してくれた。昨晩のネットニュースを葉月が発見し、すぐに茜に連絡をしたという。

茜はショックを受けたようで、桃花を連れ、荷物をまとめて実家に戻る予定で家を出た。そこを葉月が実くんと迎えに行き、今朝まで茜と桃花は葉月の家にいたそうだ。

大事《おおごと》にしたくはないから実家に帰るのはやめて、少しの間ホテル暮らしをすると茜が言うので、実くんが実家の持っている別荘を紹介したらしい。

別荘番もいてすぐに整備してくれるため、茜と桃花は朝一番の新幹線で熱海へ向かったようだ。

俺から離れたいというのは茜の決断で間違いない。

葉月に言いくるめられたわけではないのだ。おそらく、茜は平気そうな顔をしながら、心の内では我慢を重ねてきたに違いない。

夫が昔の恋人と頻繁に連絡を取り合っていて、面白いはずがないじゃないか。

「茜、ごめん」

だけど、映見利とよりを戻したとか、浮気をしたとか、そんな誤解だけはされたくない。俺は茜しか愛していないのだ。

ああ、葉月の言う通りだ。茜を大切にすればいいだけの話だったのに。俺は馬鹿だ。

家には立ち寄らずそのまま出発した。目的地の熱海に向かって。

平日の新幹線はビジネス客と年配の観光客の姿が目立つ。昼下がりの便はあまり混んでもいない。

チノパンにダウンジャケットの俺は、日常からはみ出した感覚が拭えない。ひとりで新幹線に乗り、妻と子を迎えに行っている。会ってもらえるかもわからないし、話を聞いてくれるかもわからないけれど。

席についた時点で昨日の夕方くらいから何も食べていなかったと気づいたが、すでに新幹線の車内だ。車内販売も頻繁に来るわけではないし、熱海までは四十分少々、わざわざ食べなくてもいいと思った。

正直、空腹を感じる余裕もない。早く茜と桃花を迎えに行かなければ。夫として父として、大事な家族の心を守れなかった。茜に謝罪し、もう二度とこんな思いはさせないと誓いたい。

久しぶりに降り立った熱海駅は、学生時代に観光で来たときよりも綺麗になった印象だ。二月という季節のせいか、温泉目当ての観光客が多いようだ。駅前でタクシーを拾い、教わった住所に向かう。

夏場は賑わうだろう海岸線を抜け、古い温泉街を通る。民宿や民家が集まる一角に、実くんの実家が持つ別荘があった。ログハウス風の建物を想像していたけれど、一般的な戸建てだ。裏手が海なので景色はいいだろうし、海岸に下りれば磯遊びができそうなところだ。

門のインターホンを鳴らす。しばらく待つと声が聞こえた。

『はい』

茜の声だ。

「睦月です」

インターホンはすぐに切れた。これでドアを開けてもらえなかったらどうしよう。

別荘番の人の連絡先は聞いているので、鍵を貸してもらおうか。

それとも、茜の希望通り戻ってくるまで待つ方がいいのだろうか。

迷う暇はなく、ドアが開いた。そこには茜が立っている。茜は俺が来ることがわかっていたかのようだ。葉月や実くんから連絡がいっていたのかもしれない。

「桃花は？」

まずそう聞いてしまったのは、姿の見えない娘を気にかけてだ。

「奥で寝てるわ」

「入っても？」

茜が頷くので、俺は別荘の中に入った。

中は和室が二間、奥に台所や洗面所があるようだ。玄関の横には階段があったので二階にも部屋はあるはず。新しい家だが、ふすまや縁側などの造りは昭和建築のように感じられる。

布団で桃花が寝息をたてていた。

桃花を起こさないように縁側に出る。小さな庭と背の低い生垣の向こうには海が見えた。

「寒くてごめんなさい」

茜が腰掛け、俺もその隣にならった。

「迎えに来た」

俺の言葉に茜は短く「そう」と答えた。

「ネットに出た記事の誤解を解きたい。映見利に会いに行ったのは、海外進出の件を白紙にすると伝えるため、そして頻繁に連絡をしてこないでくれと伝えに行った」

茜は黙っていた。海を見ている横顔は険しい。

「あの記事に書かれているようなことは起こっていない。映見利は確かに俺とやり直す気持ちもあったようだけれど、はっきりと断った。実際、映見利はあの場から先に立ち去っている」

言葉を尽くして説明すべきだと思ってここに来た。それが誠意だと思っていた。しかし、こうして話してみて、まったく茜に気持ちが届いていないようなのが苦しい。

「やましい関係はない。今後、もう映見利には会わない。信じてくれないか？」

「……信じてるよ」

茜の声は小さくかすれていた。

横顔は険しいままで、睫毛が震えるのが見えたと思ったら、その丸い頬をなぞるように涙が落ちた。

「茜……」

「信じているに決まっているじゃない。でも、涙が出るのよ。悲しいの。睦月さんが私と桃花を裏切るはずないってわかっているのに、心が嫉妬してしまうの」

茜はあふれるように言葉を紡ぐ。喉の奥に引っかかり、涙に混じってくぐもった声で。

「映見利さんの方が似合う。映見利さんの方が睦月さんに相応しい。そんなふうに思ってしまうの。睦月さんを譲るなんて絶対嫌だけど、自信に満ちあふれたあの人に敵わないんじゃないかって考えてしまうの」

「そんな馬鹿な話ないだろ。俺が好きなのは茜だ」

「きっと、私、まだ睦月さんを手の届かない王子様だと思ってるのね。心の奥底で。だから、私じゃあなたに相応しくないって思ってしまう。……苦しい。離れたい。だから逃げ出してしまった」

泣きじゃくる茜を強引に抱き寄せた。髪に顔を埋め、俺は目を閉じた。

「俺にとってきみ以上の妻はいないよ」

震える肩を引き寄せ、髪に口づける。茜の香りがする。

「世界一の美女が現れたって、俺の人生を変えるような劇的な出会いがあったって、俺が愛しいと思うのは後にも先にも茜だけだ」

「でも……」

「俺の気持ちを無視しないでくれ。きみはきみで、それだけで俺は誰よりも愛しくて大事なんだから」

茜が腕の中でか細く「ごめんなさい」とささやくのが聞こえた。俺は抱擁を強くした。

「嫌な思いをさせてごめん。不安にさせてごめん。もう二度と茜にこんな気持ちを味わわせない。だから、一緒にいてくれないか。これからも離れずに」

「うん」

茜が泣きながらかすかに頷いた。

「私、弱くて、自分でもちっぽけだと思うけど、睦月さんが好きなのは誰にも負けない。忘れてた、そんな気持ち」

茜は強い。だけど、そんな茜を弱くもさせてしまうのが愛で恋なのだ。その信頼を俺は絶対に裏切れない。

「睦月さん、迎えに来てくれてありがとう」

茜が涙混じりの声で言った。

桃花に授乳をし、荷物をまとめて別荘を出た。別荘番の人に挨拶をし施錠を頼むと、タクシーを呼ぶというのを断って少し海辺を歩いた。

砂浜はなく、漁港が近いのでそのあたりまでと決めて潮風を浴びる。冬の海風は冷たかったけれど、抱っこ紐の中の桃花も、繋いだ茜の手も温かかった。

「三人の初めての旅行になっちゃったね」

「ごめんね、睦月さん。別に計画しよう」

「茜」

見上げてきた茜に軽くキスをした。かすめるようなキスを終えると茜は赤い頬をしていた。

「もう、こんなところで」

「したくなったから」

そう言ったら、ぐうと俺の腹の虫が鳴った。その音に桃花が「あー」と反応する。

茜が笑い出した。

「睦月さん、大きなお腹の音！　桃花も、なんてタイミングなの」

「ごめん。実は食事どころじゃなくて何も食べてなくて。帰りに駅で何か食べていかないか？」

「うん、そうしよう」

茜が楽しそうに笑ってくれたらそれでいい。俺の人生は満点だ。

もう二度と悲しい想いをさせたくない。そう思った。

十一　成長の喜び

私の熱海への逃避行事件の翌週、桃花は無事に生後三ヶ月を迎えた。

首は据わり、身体つきは少しふっくらしてきた桃花。体重は生まれたときの倍くらいになった。手足の動きも大きくなり、可動域が増えたように見える。これは寝返りやハイハイも早いんじゃなかろうかと睦月さんが言っていた。気が早いんだから。

そろそろ昼夜のリズムがついてきてもいいのだけれど、桃花の場合なかなか眠ってくれない日も増えた。今までの方が夜眠っていてくれた気がする。特に夕方からのぐずぐずが夜まで続くのが困りもの。家事などはまったくできないレベルだ。

母乳もたくさん飲むので、足りないのではと不安になる。私の胸、大きさはあるのだけれど、ちゃんと母乳が作られているのだろうか。当たり前だけど、中が見えないので全然わからない。

そんな育児の悩みや睡眠不足でくたびれてはいる。でも、心はずっと軽くなった。

映見利さんはあの後、すぐに帰国していった。

睦月さんとの写真や動画は結局そのままだけれど、思ったよりは騒がれなかった様子。映見利さんの知名度は日本ではさほどではなく、それが幸いだったのかもしれない。アメリカではまたパパラッチに追われるかもしれないけれど。

睦月さんは彼女とのやり取りを断つとはっきり宣言した。私への誠意のためと、何より私を傷つけていたことが彼的には一番ショックだったようだ。

そして、今日私宛に一枚のポストカードが届いた。

花の写真のポストカードには綺麗な字でこうあった。

『Akane

I wish you happiness

Emiri』

たったそれだけ。シンプルな映見利さんからのメッセージだった。

それでもういいのだと思った。映見利さんは睦月さんに連絡を取り合わないため、私個人に今回の件についてひと言告げたかったのだろう。それがこの言葉なら、これ以上考えなくていい。

「は～、ひと言くらい謝ればいいのに」

私の横でポストカードをつまみ上げたのは葉月さんだ。今日は我が家に遊びに来ている。なんでもつわりが楽になってきたので、散歩がてら来たそうだ。

彼女に映見利さんからのカードを見せるつもりはなかったのだけれど、郵便受けを開けたタイミングが出迎えのタイミングだったので見られてしまった。今は我が家のリビングで、桃花を膝に乗せ、そのポストカードをしげしげと眺めているのだ。

「私は気にしてませんよ」

「気にしてるから家出したんじゃない」

家出については葉月さん夫妻にお世話になったので、ありがたさと申し訳なさが半分半分である。

「『もう』気にしてないんです。きっと映見利さん、睦月さんにアプローチするようなことはないと思います」

彼女の誓いだと思う。だから、私は受け止めたつもりだ。

「ところでお昼ごはん、何が食べたいですか？　食べられるようになってきたんですよね」

「まだあったかいものは匂いが気になる。冷たいものしか駄目」

「じゃあ、冬ですけど冷製パスタでも作りましょうか」

「一人前は食べられないわよ」

眉をひそめて言う葉月さんはあうあうお喋りをしている桃花を見やってから、私に視線を向けた。

「お昼なんていいから、休んだら？　疲れた顔してるわよ。兄さんとは仲直りしたんだろうから、育児疲れでしょうけど」

「葉月さんと話してたら元気出ますよ」

「そうやってごまかすところが駄目。いい？　この前は兄さんに不安にさせられたんだから、しっかり兄さんに甘えておきなさい。桃ちゃんの面倒も任せて、茜さんは休むのよ」

「睦月さんには頼りすぎってくらい頼ってますから」

庇っているわけではなく、本当に睦月さんはよくやってくれているのだ。仕事から帰ってくれれば、私の代わりに桃花をあやしてくれ、そのおかげで私はお風呂や食事ができるのだ。

でも、きっと葉月さんに言えば『そんなの当たり前よ！』とさらに睦月さんにハードルを上げるような話をしそうなので言わない。

「とにかくなんでも兄さんにやらせなさい。うちの実はなんでもやってくれるわ」

ふふん、と顎を上げて自慢げに言う葉月さんは、どうやらのろけも聞いてもらいたいようだ。私は桃花の抱っこを葉月さんに任せてお茶を淹れながら言うのだ。

「実さん、どんなことしてくれるんですか？　家事できるんですね」

「彼、なんでもできるのよ。でも、料理はきみが作ったのがおふくろの味より好きだって言ってくれてね！」

嬉しくてしょうがないという様子で夢中で話す葉月さん。私は甘いのろけの数々を聞きながら、ほっこりとした気分になっていた。

葉月さんと話していて元気が出るのは本当なのだけれど、彼女は信じてくれなそうなのでこれ以上は言わないでおこう。


「そうか、葉月が来てたのか」

その日、帰宅してきた睦月さんは上着を脱ぎながら言った。桃花はプレイマットの上にうつ伏せに寝ころび、一生懸命首を上げていた。私は安全のためその横に待機している。

「桃花とたくさん遊んでくれたせいか、今日は桃花も夕方のぐずぐずがないの。まあ、プレイマットから離れると泣き出すから、私も離れられないんだけど」

「問題ないって。夕食、蕎麦があったよな。ゆでちゃっていい？」

睦月さんは着替えや手洗いなどを済ませ、キッチンへ。本当に頼りになる旦那様だ。

「葉月もつわりが落ち着いてきたから、しょっちゅう来るだろ。面倒なときは、断っていいから」

「私は顔出してもらえて嬉しいよ」

食品用の棚から蕎麦の乾麺を出してきた睦月さんが、それをダイニングテーブルに置いて私たちに歩み寄る。

屈みこんで私の頬をぺたりと触った。

「茜があまり寝られていないのが心配でさ。俺も毎回は起きられていないし。今日は俺が桃花の面倒を見るから、風呂をあがったらすぐに休んで。哺乳瓶でミルクを与えるよ」

「睦月さんも疲れてるのに、悪いよ」

「甘えてもらわないと育児の分担にならないだろ？」

そう言って、睦月さんは私に軽くキスをした。本当に優しい。キッチンに戻っていく睦月さんを見ながら、ありがたさで胸がいっぱいになる。

だけど、なんだか育児がちゃんとできていないようで不甲斐ない。私、ちゃんとママができているのかな。

「そうだ、茜。今度の週末、パーティーだろ？」

「うん、桃花の百日のお祝いパーティーね」

以前から義父の希望で計画していたパーティーだ。表向きは義父が初孫をお披露目する個人的なパーティーだけれど、仕事上の関係者や政財界の知り合いも招いている。

「桃花は疲れてしまうだろうから、会場のホテルの上階に部屋を取ってあるんだ。茜と桃花はお披露目が終わったら、抜けて部屋に行っていていいから」

「すごい、睦月さん。さすがの段取りだね。でも大丈夫かな。一応、桃花は主役だよね」

「赤ちゃんがそんなに長時間パーティーに参加できないなんて、誰だってわかってるだろ。それに、父はめでたいことにかこつけて、ビジネスチャンスを増やしたいだけだよ」

確かに義父にとってはそうかもしれない。

「俺もパーティーが終わったら行くよ。宿泊にしてあるから、ゆっくりホテルステイにしよう」

「うん、ありがとう。睦月さん」

夏目家の人間として公の場に出るのは結婚式以来で、少し緊張していたけれど、睦月さんの心配りにはホッとする。

その日、本当に私は先に眠らせてもらい、久しぶりにまとまった時間の睡眠が取れたのだった。

週末のパーティーは結婚式もした夏目家御用達のホテルで行われた。多くの参加者に義父はほくほくしている。

「さあ、茜さんと桃花ちゃんが今日の主役だ」

普段は私とは距離を置いているのに、今日は愛想よく私と桃花に声をかけてくる。まだ、私が仕事を続けるのを納得してはいないだろうけど、桃花を通じて少しずつでもわかり合えるといいなと思う。

立食形式のパーティーは華やかに始まった。

私は授乳のことも考えてフォーマルワンピースにした。桃花も今日はレースのワンピース型ロンパースをはき、薄い髪の毛にはヘアバンドをつけている。

そんなおめかしをした桃花をホテル側が用意してくれたコットに寝かせた。私の腰くらいの高さで自動で揺れる機能がついたものだ。私は近くに椅子を用意してもらっているけれど、桃花がコットでいい子にしているわけもなく、さらには桃花の顔を見に来たお客様たちに桃花を抱き上げて見せるので、それなりに忙しかった。

「茜、問題ないか？」

睦月さんはパーティー全体に目配りをしながら、挨拶回りなどもしている。会場に入ってからは、ほとんど桃花と私の傍にはいられていない。

でも、彼の仕事でもあるのだ。私は桃花を顔の横に抱き上げ、睦月さんをそろって見上げた。

「こちら、茜と桃花。異常なしです」

桃花が睦月さんを見てきゃっと笑う。睦月さんの表情が、仕事モードからパパの顔になった。

「異常なし了解。桃花隊員、お腹は空いていませんか？」

「あー」

桃花は甲高い声をあげた。まるで睦月さんに応えるみたいに。

「桃花隊員はパーティーが始まる前におっぱいを飲んだけど、あと三十分もすればお腹が空いてくると思うよ」

「じゃあ、いいタイミングだから、そのままパーティーから引きあげていいよ。はい、上の部屋の鍵」

睦月さんに渡されたカードキーには部屋番号が書かれてあった。

「わかった。そうさせてもらうね」

パーティーも後半といった時間、私と桃花は会場を後にした。睦月さんが用意してくれた部屋は、結婚式のときに宿泊したセミスイートより上の階だ。

エレベーターを降り、フロアには三部屋しかないことに気づく。スイートルームのようだ。

「うわあ、すごい」

部屋に足を踏み入れ、思わず声が漏れた。スイートルームはパステルカラーのバルーンと花で飾り付けられていたのだ。

夜景と相まって、夢の中のような光景だ。

インターホンが鳴る。出るとホテルスタッフが食事やドリンクを運んできた。見る間にメインルームのテーブルにはオードブルやケーキが並んだ。

「お嬢様とお写真をお撮りしましょう」

女性スタッフに言われ、私は桃花とソファに座る。

「桃花、お姫様みたいよ」

「だあー」

バルーンと花に囲まれた桃花は本当に愛らしい。こんなふうにおめかしして写真を撮ってもらえて、百日のいい記念になった。

スタッフが下がり、私は桃花にゆっくりと授乳をした。桃花はくたびれたようで、飲んでいる途中でうとうとし始める。どうにか、完全に寝入る前にげっぷだけさせられた。

「桃花、今日はお祝いしてもらえてよかったね」

すやすや眠る桃花を見守る。不思議な感覚だった。

私と睦月さんの血を引いた娘がここにいる。生後三ヶ月にもなって何を今更と思うけれど、こんなふうに育児をしみじみと振り返る瞬間が、この三ヶ月なかったように思う。あわただしくて、忙しくて、毎日必死だった。

夜景の綺麗な部屋で、ひとときの安らぎをくれた睦月さんに感謝だ。

眠りの深くなった桃花を寝室のダブルベッドの片方に寝かせ、メインルームに戻ってくるとドアが開く音がした。

「茜、お待たせ。桃花は？」

「惜しい。今さっき眠っちゃったわ。一緒に写真撮り損ねちゃったね」

「いいんだよ」

そう言うなり、睦月さんが私を抱きしめた。

「む、睦月さん？　急にどうしたの？」

「いつも可愛いけれど、今日おしゃれをしてる茜を見て、ずっとずっとこうしたかったんだ」

睦月さんが耳元でささやく。その甘い響きにドキドキしてしまう。

「睦月さん、素敵なサプライズをありがとう。お部屋も料理も素敵」

「少しでもリフレッシュになればいいなと思って。桃花はまだわからないだろうから、きみにとって」

「リフレッシュになったよ」

睦月さんが身体をわずかに離して私の顔を覗き込んでくる。

「なあ、茜。今の茜って育児を自分の仕事にしてしまっていない？」

「え？」

「自分ひとりが抱え込もうとしていない？　俺にもわけてほしい」

「充分、手伝ってもらってるよ」

だって、睦月さんは仕事があるのだ。ずっと家にいる私が育児の比率が高くなるのは当然で……、そこまで考えてハッとした。確かに私は育児を〝仕事〟と同列に考えている。

「責任をひとりで背負わないでほしい。平等を意識するなら、俺にももっと関わらせて。もちろん、どうしてもできないときはある。でも、俺が関われるときに遠慮してしまわないで」

「私……自分がサボっているような罪悪感を覚えていたのかも……。睦月さんに桃花を見てもらっていると」

言葉にしてみて、話し合ってみて、ようやくわかった。自分自身、必死になりすぎていて見えなかったものだった。

「俺も茜もパパとママの初心者だからさ、何をどこまで頑張ればいいかわからなくて、肩の力ガチガチなんだろうな。ふたりで少し力を抜こう。きっと、それは桃花のためにもなるよ」

「桃花のため……」

私のことを誰よりもわかってくれるのはこの人だと思った。夫婦は相棒関係に喩えられるけれど、私と睦月さんはちゃんとその領域まで成長している。

「ありがとう、睦月さん。私、ちょっと頑張らなきゃって思いすぎてた」

「ふたりで頑張っていこうよ」

そう言って睦月さんが私にキスをした。嬉しくて愛しくて、私もキスを返す。背伸びをして、彼の背に腕を回して。

睦月さんがあらためて、唇を重ねてくれる。それは軽くて優しいキスで、安心すると同時に少しだけ物足りない。

「睦月さん」

桃花を授かって以来、パパとママでいるのを優先してきた。今日だけはいいかな。桃花が寝ているほんの少しの間ならいいかな。

私の声の感じで睦月さんには気持ちが伝わっていたようだ。いや、彼もまた同じ気持ちなのだろう。

「茜」

まなざしは湿度を含んでいるように見えるし、私の名を呼ぶ声が情熱的だ。私の視線もねだるように彼に注がれている。

「もう少しキスしてもいい？」

「うん」

私たちは深く唇を重ね合わせ、互いの身体を抱きしめ合う。睦月さんの体温はいつだって安心するけれど、こうして密着して感じればドキドキが止まらなくなる。いつも百パーセントママでいる私の奥から、睦月さんの恋人である私が顔を出す。

「私、きっと一生睦月さんにドキドキすると思う」

耳元でささやくと、うなじにキスを返された。睦月さんが甘く答える。

「茜にいつまでもドキドキしてもらえるように頑張らないと」

「頑張る必要ない……、睦月さんとこうしてるだけで……私」

その言葉は何度目かのキスでふさがれてしまった。

娘が起きるまでのわずかな時間、私たちは束の間愛を交わした。幸せな時間だった。


季節は巡り、春が過ぎ夏がやってきた。桃花は生後九ヶ月後半。お座りもできるし、ハイハイも達者だ。手が器用になりおもちゃで上手に遊ぶし、表情が豊かになった。

「はい、それではよろしくお願いします」

電話を切ると、桃花と遊んでいた睦月さんが顔を上げる。

「保育園、どうだって?」

「うん、九月一日から慣らし保育を始めてみようって」

電話していたのは、来週九月頭から桃花が通う保育園の園長先生。桃花は保育園に入園するのだ。

「本当は来春まで育休を使って私が見るつもりだったんだけど」

私はおもちゃをかじっている桃花の前に座る。

「保育園に空きができたのと、きみの仕事、全部タイミングがかみ合ったんだから、いいと思うよ」

睦月さんが励ましてくれる。そんな睦月さんの手から桃花は別のおもちゃを奪い取って「だー！」と叫び声をあげた。

決めたこととはいえ、桃花と離れた生活をするのに実感がわかない。

来春の桃花一歳五ヶ月までは私が手元で面倒を見るつもりでいた。しかし、休業中の西ノ島株式会社では新店舗と、新業態のプロジェクトが始動していてかなり人手不足だと聞いてはいた。

『大井が復帰する春まで、今いる面子《めんつ》で乗り切るよ』『錦戸部長が過労死しないように見張っておきます』そんなふうに塔野くんも加藤さんも言うけれど、コンテンツ部がかなり余裕を失っていそうなのは感じられた。

そのタイミングで、リサーチをしていた私立保育園からゼロ歳児クラスに空きが出たと連絡をもらったのだ。区立の保育園の募集は秋で、まだ少し先だからとリサーチしていたときに見つけた園だ。

少し保育料はかかるけれど、新しい施設で園庭もあるのが魅力だった。マンションからも近い。保育士の先生たちの感じもよく、いい園だなと思っていた。

ちょうどいい機会かもしれない。私が復帰すれば職場の仲間は多少なりとも助かるはず。

「俺も朝の送りはできるし、帰りも日によってはお迎えに行ける。葉月が臨月だから、うちの母には手伝ってもらえないけど」

「ううん、元からお義母さんに頼るつもりはないよ。葉月さん、産後しばらくご実家でしょ。親子水入らずで赤ちゃんのお世話をした方がいいから、我が家の事情を押し付けちゃ駄目」

「でも、物理的に桃花が熱を出してすぐに迎えに行かなければならないってとき、誰か頼れる相手は必要だろう？」

「私の母に、相談はしておく。でも、なるべく私と睦月さんで対応できるようにしたいの。そうすることで、お義父さんにも認めてもらいやすくなると思うし」

嫁が働くことに難色を示す義父に、共働きでも子どもを充実して育てられると証明したい。そんな気持ちはずっとある。

「わかった。そうだよな、俺たち夫婦で、できる限り頑張ろう」

いる。


「頼りにしてるね、睦月さん」

あとは、私が桃花と離れて頑張る気持ちを整えるだけ。桃花の登園は来週に迫っている。


九月一日、私は桃花の荷物の入ったリュックを手にし、桃花本人は抱っこ紐で抱き上げた。

「さあ、桃花、行くよ」

「だっだー」

桃花は元気な返事をする。今日は慣らし保育初日、登園時間も遅いので睦月さんには出勤してもらい、私が送っていく。今日明日は私もまだ休みを取っているのだ。

家から徒歩七、八分の保育園は築浅のマンションの一階部分にあった。二階と三階にオフィス用のテナントがあり、その上がマンションという構造だ。園庭はマンションでも窓のない壁側にあり、人工芝が敷かれてある。少し日当たりは悪いけれど、塀に囲まれていて外部と接触しないので安心感がある。

「夏目さん、おはようございます」

園長の女性が出迎えてくれた。そのままゼロ歳児のお部屋に向かう。ゼロ歳児は五名で、桃花は六人目だ。月齢は様々。

「桃花、下りようね」

抱っこ紐から下ろすと、意外にも桃花は私の傍から離れない。活発な桃花のことだから、私など無視してハイハイで遊びに行ってしまうものかと思っていたのだけど。桃花の棚に着替えやオムツを入れている間、桃花は私の膝をかじってよだれでべたべたにしていた。

「今日は二時間でお迎えですので、よろしくお願いします」

「はい。桃花をお願いします」

私は園長とゼロ歳児担当のふたりの保育士に頭を下げた。それから、私の脚元でお座りをしている桃花を見やる。

「桃花、それじゃあね」

桃花の顔に緊張が走るのがわかった。こんなに小さいのに、彼女は今、自分の身に何か普段と違うことが起こったと察知したのだ。

「ぶうぇ、うえ――――っ、や――――!」

途端に叫び、私の脚にしがみつき始めた桃花を、保育士さんたちががっしりとつかむ。

「お預かりしますね」

「桃花ちゃん、ママにばいばーいって」

桃花は大号泣。そんな桃花を保育士さんたちは慣れた様子で扱っている。私ひとりがおたおたと焦って、保育園を出たのだった。

桃花は大丈夫だろうか。正直に言えば、ここに来るまで桃花は問題ないと勝手に思っていた。集団健診なども泣かないし、予防接種もぼんやりしているうちに終わっている。元気で活発な桃花が、まさか保育園でこれほど泣くとは思わなかった。

桃花の泣き顔を思い出すと胸が痛んだ。なんだか、ものすごくひどい裏切りをしているような気分だ。

私は桃花を預けたと睦月さんにメッセージを送り、家に戻った。

桃花のいない家。睦月さんが休みの日に散歩に連れ出してくれたりするので、普段でも私ひとりが家にいるという状況はある。だけど、今は私でも睦月さんでもない人が桃花の面倒を見ているのだ。

プロの保育士が見ているのだから安心なのだけれど、単純に桃花と離れている事実に心がすうっと冷えた。寂しいような不安なような感覚だ。桃花はまだ泣いているだろうか。もう泣き止んで楽しく過ごしているだろうか。

二時間はあっという間に過ぎた。結局私は掃除機をかけるくらいしかできず、あとは所在なくソファで座っていた。予定時刻より二十分も前に家を出て歩いて迎えに行く。

園長に案内され、再びゼロ歳児クラスに入ると、桃花はカーペットに座り、柔らかなブロックを床にたたきつけていた。

「桃花！」

呼びかけると、私を見て『あ』という表情になる。それから猛ダッシュのハイハイで寄ってきた。

「だだだ、ままま！」

「桃花～、いい子にしてたかな？」

「泣いたのは最初だけですごく落ち着いていましたよ」

若い保育士の女性が説明してくれる。どうやら新しい遊び場だと理解したら、安心したらしい。それでも、私の腕の中で嬉しそうに顔を押し付けてくる桃花は、寂しかったのだなとも感じた。

その日は帰ってから、べったり一緒に遊んで過ごした。並んでお昼寝をしていると、桃花以上に私が寂しかったんだなと痛感した。

「そういうものかもね」

帰ってきた睦月さんが桃花の寝顔を眺めて言う。

「案外子どもの方が柔軟だから、馴染《なじ》むのは早くて、大人は心がついていかなかったり」

「うん、今日感じた寂しさは結構自分でも驚いたなあ」

私もしみじみと桃花の寝顔を見下ろしたのだった。

慣らし保育は一週間かけて行われた。三日目からは私も職場復帰をし、午後半休で対応した。通常の保育に合わせて、私は十六時半までの時短勤務となった。

朝は睦月さんと一緒に桃花を保育園に送って出勤、夕方は桃花を迎えに行き、スーパーで買い出しをして帰宅。桃花の離乳食と夫婦の夕食を作る。睦月さんが早く帰れる日は夕食作りや、桃花のお風呂を担当してくれる。

しかし、順風満帆なのは最初だけだった。久しぶりのオフィスに、ゆったりペースで仕事を始めるつもりだった私は、新規案件目白押しの状況にてんてこまい。さらにはこれでも中堅社員なので、後輩たちはどんどん質問してくるし頼られる。私は十六時半の定時を守るのに、毎日昼食をとる暇もないほどになった。

さらには桃花が毎朝ものすごく泣くのだ。

自宅出発から保育園まで、お腹の底から泣き叫ぶので、おそらくご近所では時報代わりになっているのではというくらい。保育園が嫌いなのだろうかと思うが、そうではないらしい。

保育士の先生が言うには、到着から三十分くらい泣き尽くし、そこからは楽しく過ごしているとのこと。離乳食の食べもよく、お散歩も楽しんでいるそうだ。確かに迎えに行くと、桃花はだいたいニコニコ笑顔でいるので説明は間違っていないのだろう。

「桃花、本当に保育園に馴染めているのかな」

睦月さんも、桃花の朝の大騒ぎを一緒に味わっているので、心配する気持ちは同じようだ。

「他の子は四月入園が多いみたいだから、泣かないのかもね。桃花はまだ慣れていないんだよ」

「そうかもしれないけど、あんなに泣かれるとつらいよ」

「来月保育参観があるみたいだから、桃花の様子を見ようよ」

朝、桃花を送り届けた後は、地下鉄でそんな話をする。

復帰からひと月近くが経つけれど、なんだかものすごくくたびれている。頭では育児と仕事の両立をわかっていたつもりだけど、実際にやってみるとすごく大変なんだな。

「なあ、茜。やっぱり俺も迎えに行ける日を作るよ」

睦月さんはかねてそう言ってくれている。

「でも、私は時短勤務の申請も通ってるし、確実に十六時半には帰れるから」

「無理して仕事詰めてないか？　タイムリミットがある方が大変だったりもする」

ぎくりとする。確かにそうなのだ。

「困ったら頼るから、ね？」

私はことさら明るく答えた。まだ始まったばかりの育児と仕事の両立、最初から音をあげたくなかった。

しかし、なんとその日のうちに睦月さんに頼らなければならない事件が勃発《ぼっぱつ》したのだ。

「今からですか？」

「悪い。緊急のミーティングなんだ。大井も参加できないか？　途中まででいい」

客先で問題が起こり、急遽《きゅうきょ》部署ミーティングが行われると決まったのだ。

錦戸部長に頭を下げられ、私は時計を再度見る。現在十五時半過ぎ。おそらく今からミーティングだとお迎えに間に合わない。かといって、その件は私の指導していた後輩が起こしたことなので、無責任に抜けたくもない。

「わかりました。すみません、娘のお迎えを夫に頼んでみます」

「悪い。なるべく十六時半までに終わらせる」

私は急いで睦月さんにメッセージを打つ。すぐに返信がきた。迎えに行ってくれるそうだ。

これで安心して会議に挑める。……と思ったのが裏目に出たのか、会議は十七時まで続き、さらに私は今回トラブルのあった後輩からあらためて状況の聞き取りをした。今後の対応について話し合い、オフィスを出たのは結局十九時。

帰宅すると桃花は、リビングのフローリングに敷かれた長座布団で眠っていた。タオルケットをかけたお腹が、寝息とともに上下している。

「ごはんは食べさせたし、お風呂入れたよ」

睦月さんが私にカレーをよそってくれながら言う。そのカレーだって睦月さんが桃花の面倒を見ながら作ってくれたものだ。

「ほら、茜、手を洗っておいで」

「睦月さん、ごめん……」

桃花の寝顔を見ていたら、涙が出てきた。もっとうまくやれると思っていたのに、全然うまくいかない。仕事も育児も両立できないで、これじゃあお義父さんに認めてもらうのはおろか、私自身も理想の働くママ像に近づけない。

「茜、またひとりで頑張ろうとしていないか？」

睦月さんが私の横にしゃがみ込み、優しい笑顔で見つめてくる。

「父に認められたいってプレッシャーに感じてるなら、もう気にしなくていい。父は口に出さないだけで、ちゃんと茜も桃花も認めてる。頑固なところがあるから、最初に強く出て引っ込みがつかなくなっているんだ」

「お義父さんの問題だけじゃないの……。いろんなことがうまくいっていない感じがして……。やっぱり保育園に預けるのが早かったんじゃないかとか、私は仕事を優先しすぎているんじゃないかとか」

「茜、考えたんだけどさ。週二回は俺が迎えに行くよ」

睦月さんが平然と言った。もうすっかり決めたという顔で。

「え、でも……私は十六時半には——

「実際、毎日無理やり切りあげてきてるんだろ？　茜が仕事を頑張りすぎて桃花を蔑《ないがし》ろにしているなんて誰も思わない。でも、実際思う通りに仕事をこなせないのは茜にとっても苦しい。そのための週二回。早くあがれたら、のんびりコーヒーでも飲んできなよ」

睦月さんの言葉を聞きながら、私はぽろぽろ泣いていた。最近の不安が涙になって溶けて流れてきたみたい。

うまくいかなくて、選択した今を後悔しそうで怖かった。本当は、桃花に毎朝泣かれるたび、罪悪感で胸がつぶれそうだった。

「睦月さん……、ごめんね。弱虫で……すぐ泣いてごめん」

「いいんだよ。茜はもっと周りを頼って。いっぱいいっぱいになる前に」

「ありがとう。お仕事を調整してくれて。私が行き詰まるたびに、手を差し伸べてくれて」

「夫婦だから。それに、いつも言ってるけど、茜が笑っていてくれるのが、俺の一番の幸せなんだ」

苦しいとき手を差し伸べてくれる。つらいとき救い上げてくれる。

睦月さんはやっぱり王子様だ。凝り固まって意固地になった私の心の魔法を解いてくれる。

腕を伸ばすと、膝をついた睦月さんが抱き留めてくれた。

「睦月さん、大好き」

「俺も茜が大好きだよ」

私たちが唇を重ねたときだ。

「あーう、なぁーっ」

元気な声が聞こえ、私たちははじかれたように長座布団を見やる。そこにはすっかり目覚めて、ころんと寝返りをした格好の桃花が笑っていた。

「桃花ー、ただいま。遅くなってごめんね」

「あー、うきゃあ」

抱き上げて、ほっぺたにキスをすると、桃花が嬉しそうな歓声をあげた。

そんな私を桃花ごと睦月さんが抱きしめる。

「本当に幸せ。私、睦月さんのお嫁さんになって、桃花を授かって幸せなんだ」

「もっと欲張っていいよ。好きなことをして、毎日を充実させよう。そのうち三人で旅行に行こう。楽しい遊びもたくさんしよう。美味しいものだってたくさん食べよう」

「忙しいね。でも、きっとすごく楽しいね」

パパとママに抱っこされた桃花は楽しそうに笑い声をあげていた。私は愛する夫と娘の体温が嬉しくて、またあふれてきた涙を拭った。

憧れの王子様への恋を叶えた恋愛初心者の私。近づけそうで近づけない新婚生活を超えて、愛する睦月さんと最高の関係を築けた。桃花を授かり、またここから新しい世界に足を踏み入れるのだ。うろたえて泣いてばかりじゃもったいない。

家族をうんと楽しもう。心からそう思った。

私と睦月さんが結婚してもう少しで丸二年になる。

エピローグ

「睦月さーん、桃花の連絡帳、書いてくれてありがとー」

洗面所で大きな声を出すと睦月さんがリビングで返事をする。

「桃花のバッグに入れたよ。あと、オムツも追加分入れておいた。着替えもズボンの方がなかったよな。二枚入れたから」

「本当に助かる～」

私は口紅を馴染ませて、鏡の前を離れた。リビングでは出発準備万端の桃花が自分のリュックを引っ張っている。

「よっちょ、よっちょ」

よいしょ、と言いたいらしい。二歳半の桃花は、さらに元気で活発な女の子に成長中である。保育園でも家でも毎日が運動会状態だ。私と睦月さんはお互い仕事に邁進しつつ、この小さな怪獣に振り回されっぱなし。

今もよく見れば、桃花がポケットに突っ込んでいるのは睦月さんのスマホだ。

「睦月さん！　スマホ、桃花にとられてる！」

「え、あ！　本当だ！　桃花、返して」

「やらー！」

嫌だそうです。しかし、それを許すほどパパとママは甘くない。隠そうとポケットを両手で押さえる桃花を私が抱き上げる。睦月さんがひょいっとポケットからスマホを取り返した。

見る間に桃花の目に涙の粒が浮かぶ。

「やー！　やらのー!!」

手足をバタバタさせて泣き始める桃花。私と睦月さんは顔を見合わせ、苦笑いをした。困ったプリンセスである。

睦月さんがしっかりとスマホを仕事カバンに隠し、それから桃花を私から受け取った。大暴れで泣く桃花の顔を覗き込む。

「桃花、そんなに泣いていたらお姉さんになれないよ」

もちろん諭《さと》す言葉が通じる桃花ではない。二歳半、イヤイヤ期真っただ中はパワーの塊なのだ。しかし、じっくりと睦月さんは桃花に向き合う。

「桃花がお姉さんになってくれないと、パパとママは困るなあ」

「いーやーっ！」

泣いて怒る桃花。私は笑って、睦月さんの肩をたたいた。

「タイムオーバーよ。荷物全部持つから、桃花をよろしく」

「はは、了解」

まだ暴れまくる桃花を抱いて、玄関に向かう睦月さん。私は三人分の荷物と、桃花の外履きを手に玄関でローヒールパンプスにつま先を入れた。

マンションを出てあわただしく保育園へ向かう。夏目家三人の毎朝の光景だ。

「茜、急いで転ばないでくれよ」

睦月さんが桃花を運びながら言う。桃花はまだぎゃあぎゃあと怒り泣きをしている。

「大丈夫、気をつけてる」

私は膨らみ始めたお腹を見やり、笑った。

私のお腹には今、第二子がいる。まだ性別はわからないけれど、すくすく順調に成長しているようだ。

「桃花、あと半年でお姉さんになってくれるかな」

「ん〜、赤ちゃん返りはしそうよね」

ふたりでいまだ不機嫌な桃花を見て苦笑いをしてしまう。

「まあ、賑やかにはなるんじゃないかしら？　もっともっと、ね」

「楽しみなような、怖いような……」

ふたり目の妊娠がわかったとき、睦月さんは私に負担をかけるのが申し訳ないと言っていた。第二子は夫婦で希望して授かったものだけれど、やはり私には再びのキャリアの中断になる。産むのだけは代わってあげられないから、と言う睦月さんに私は胸を張って言った。

『お腹で育てるのと産むのは私の仕事。あなたはサポート。産んでからはふたりの仕事。桃花のときもうまくできたんだし、一緒に頑張ろう』

正直に言えば、もっと大変になるだろうなと思う。だけど、そんな不安以上に新しい家族がやってくるのが待ち遠しい。

「睦月さんがいてくれれば大丈夫。強くいられるし、どんなことも乗り越えられる」

「そう言ってくれると嬉しいよ。俺も茜がいるから、頑張れる」

「さあ、今日も一日頑張りましょう」

保育園の門が見えてきた。私と睦月さんは笑顔だったし、いつのまにか桃花もきゃっきゃと笑い声をあげていた。

番外編　パパとママが恋に落ちたのは

「パパとママが出会ったのって何歳のとき？」

最近、桃花はこういう質問をする。保育園児も年長さんになるとなかなかおませな口をきくようになるらしい。桃花は私に似た丸っこい目でじっと答えを待っている。ダイニングの椅子に腰掛け、足をぶらぶらさせながら。

私は桃花が保育園に着ていく下着類に名前を書いているところだった。桃花の弟である三歳の青《あお》の分もあるので、シーズンの最初や衣類の買い替えどきは、名前付け作業が少々面倒臭い。

「桃花、青はとっくに寝てるわよ。九時過ぎまで起きてるのは駄目じゃない？」

「だって、パパに会いたいんだもん。もう少し待ってたら帰ってくるんでしょ？」

確かに睦月さんからは先ほど帰宅の連絡があった。あと三十分もしないうちに帰ってくるだろう。だけど、我が家の子どもたちがお布団に入る時間は二十時半。現在時刻は二十一時半。寝たくないからとこうして理由をつけて起きてくる桃花を許してもいいものか……。

「桃花、明日起きられないよ。お布団に戻りなさい」

「パパにおかえりって言ったらすぐに戻るよぉ」

桃花はしぶとく言い、食器棚からマグを、冷蔵庫から牛乳パックを出してきた。

「まあまあ、ママもひと休みして」

そう言って、マグにふたり分の牛乳を注ぐのだ。こういうごまかし方をするのだから、困ったものだ。下の子・青はまだ小さく、男の子だからか単純で、桃花のようなずる賢さはない。

「せめてホットミルクにしましょう。桃花がよく眠れるようにね」

「はーい」

キッチンに行き、レンジにマグをふたつ入れる。後ろをついてきた桃花がなおも尋ねてきた。

「ねえ、パパとママはいつ出会ったの？」

なかなかしつこい。私は苦笑いで振り向いた。

「中学高校のときが最初かな。当時はあんまり仲良くなかったけど」

「なんで？　喧嘩してたの？」

「違うわよ。先輩と後輩だったから、あんまり関わりがなかったの。学校ってそういうものなのよ」

桃花はぴんとこないようで首をひねっている。保育園では、上の子は下の子の面倒を見るように教えられる。学年が違えば距離があるとは思わないのだろう。

まあ、モブだった私と王子様だった睦月さんは別の意味でも距離があったけれど。

「じゃあ、いつ結婚したの？」

桃花の質問にだいぶ時間軸が飛んだなあと笑いつつ、私は答えた。

「大人になってお仕事でまた会ったの。それで結婚しましょうってなったのよ」

「恋はいつからしたの？」

なかなか面白い質問だ。しかし、なんと答えたものか迷う。まだ六歳の娘に、何もかも話すわけにはいかないし、かといって全部ごまかしてしまうのもなあと真面目に考え込んでしまう。

「恋をするから結婚するんでしょ？　パパとママも恋をしたんでしょ？」

電子レンジのぶーんという音と、尋ねる娘の可愛い声。私は少し迷い、それからなるべく真摯に答えようと決めた。

「結婚にはいろんな形があるんだ。ママとパパは、最初はお見合いっていう方法で結婚の約束をしたの。でも、ママは高校生くらいからパパのことが好きだった」

「仲良くなかったのに？」

「憧れてたのよ。だから、縁があってパパと再会して、パパがママのことを好きになってくれて結婚して、桃花と青を授かって……、運命みたいなめぐり合わせに感謝してるし、その全部が幸せだなあって思うの」

「そっかぁ」

ふうむ、と大人ぶって頷く娘に、どこまで伝わっているかはわからない。それでいいのだと思う。

ちょうどぴぴっと電子音が鳴り、ホットミルクが出来上がった。桃花にリビングに戻ってもらい、お盆でマグをふたつ運んだ。桃花の希望ではちみつは多め。彼女はそれを一心不乱にスプーンで混ぜ、ふうふうと息を吹きかける。

「桃花にもいつか大好きな人ができるといいね」

向かいに座る愛しい娘のつむじを見つめ、呟いた。思わずしみじみと語ってしまい恥ずかしいけれど、桃花はもう目の前のはちみつミルクに夢中だ。きっとママとのこんなやり取りもいずれ忘れてしまうだろう。

すると玄関のドアが開く音がした。

桃花がぱっと顔を上げ、椅子から下り、夢中だったミルクもそっちのけでリビングのドアに向かって走っていく。

「パパー！」

「あれ？　桃花、まだ起きていたの？　駄目だろ、こんな時間まで」

リビングに入ってきた睦月さんは優しく瞳を細めて、桃花を見下ろした。桃花はその足元でスーツにしがみついてジャンプしている。もう遅い時間なので床を踏み鳴らさないでほしいものだ。止めようと腰を上げかけたら、桃花がひと息で言い切った。

「あのね、ママはパパが大好きで結婚して嬉しくて幸せなんだって！」

確かにそうは言ったけどそんなふうに素直に表現されるとは思わなかった。ぽぽぽとすごい勢いで頬が熱くなる。

睦月さんも面食らいながらも頬を赤らめ、桃花を抱き上げた。

「そうなんだ。じゃあ、桃花に教えておこうかな。パパもママが大好きで、結婚できて、ずっと一緒にいられて、すっごく幸せなんだ」

さすがに恥ずかしくてそれ以上聞けなくなり、私は睦月さんと桃花に歩み寄る。

「えーと、はい、じゃあ桃花はもう寝る時間です。はちみつミルクを飲んで、うがいをし、トイレに行ってお布団です」

「えー、パパと寝るー」

「それは今度の土曜日な」

睦月さんは、桃花がミルクを飲み終わり、洗面所でうがいをしてくるまで付き添ってくれた。

子ども部屋に送ると、桃花は青の寝顔を眺めて「よしよし。よく寝ていい子だね」と頭を撫でた。

「お姉さん、あなたもとっくに寝る時間。おやすみなさいね」

「えへへ、おやすみー」

素早くベッドにもぐりこむ桃花を見届け、ドアを閉めリビングに戻った。睦月さんはふたり分のお茶を淹れてくれていた。私はまた恥ずかしくなってきて、唇を尖《とが》らせる。

「睦月さん、桃花に恥ずかしいこと言わないでよ」

「茜が先に言ってくれたみたいだから。俺も伝えておきたくてさ」

そう言って照れ臭そうに微笑む私の大好きな旦那様。近づいて、身体に腕を回し、ぎゅっと抱きしめる。睦月さんの匂いは安心する匂い。

「直接言わせてね。睦月さん、大好き。一緒にいられて幸せだよ」

「俺も茜が大好きだ。いつまでもきみだけを愛してる」

私は睦月さんを見上げ、それからきょろきょろっとあたりを見回してから背伸びをした。起き出してきた子どもたちにキスを邪魔されたくなかったから。

これからもこうして、何度だって優しいキスを。

（おしまい）

あとがき

こんにちは、砂川雨路《すながわあめみち》です。『跡継ぎ目当てのお見合い夫婦ですが、旦那様の執着が始まって最愛の子を授かりました』をお読みいただきありがとうございました。マーマレード文庫では六冊目の書籍となります。

奇をてらわず、ストレートに愛を感じるお話にしようと書き始めたのが本作です。惹かれ合うふたりがお見合いで結ばれ、結婚。徐々に心を通わせ、愛の結晶を授かり、出産へ……。降りかかる様々な出来事を乗り越え、愛を深めていく二年以上に及ぶストーリーとなりました。

両片想い状態のヒロイン茜と夫の睦月は、お互いが大事すぎて最初はなかなか踏み出せません。じれじれな関係を経て、気持ちが通じ合うのは恋愛の醍醐味《だいごみ》！　愛を叶えてからは優しく甘いだけではなく、時間をかけ互いを思いやれる誠実な関係を築いていきます。

些細な幸せを積み重ねた家族の姿に、じんわり幸せな読後感に浸っていただけたら嬉しいです。

本書を出版するにあたり、お世話になった皆様に御礼申し上げます。

カバーイラストをご担当くださった天路《あまじ》ゆうつづ先生、優しくあたたかな親子三人を描いてくださりありがとうございました。

デザインをご担当くださったデザイナー様、本作もありがとうございました。

担当のおふたりには、いつも感謝の気持ちでいっぱいです。どんなこともご相談でき、おふたりのおかげで本作も形になったと思っています。

最後になりましたが、本作を楽しんでくださった読者様に御礼申し上げます。いつも手に取ってくださる方、今回初めて読んでくださった方、すべての読者様のおかげでお話を作り続けていられます。好きなお話、嫌いなお話、様々な感想があると思いますが、何度も読み返してもらえるような作品を作っていきたいというのが私の目標です。

では、次のお話でお会いできますように。

砂川雨路

ファンレターの宛先

マーマレード文庫をお買い上げいただきありがとうございます。
この作品を読んでのご意見・ご感想をお聞かせください。

宛先
〒100-0004　東京都千代田区大手町 1-5-1
大手町ファーストスクエア イーストタワー 19 階
株式会社ハーパーコリンズ・ジャパン　マーマレード文庫編集部
砂川雨路先生

マーマレード文庫特製壁紙プレゼント!

読者アンケートにお答えいただいた方全員に、表紙イラストの
特製 PC 用・スマートフォン用壁紙をプレゼントします。

マーマレード文庫

跡継ぎ目当てのお見合い夫婦ですが、旦那様の執着が始まって最愛の子を授かりました

2022年12月15日　第1刷発行　定価はカバーに表示してあります

著者　砂川雨路　©AMEMICHI SUNAGAWA 2022
発行人　鈴木幸辰
発行所　株式会社ハーパーコリンズ・ジャパン
東京都千代田区大手町1-5-1
電話　03-6269-2883（営業）
0570-008091（読者サービス係）
印刷・製本　中央精版印刷株式会社

Printed in Japan ©K.K. HarperCollins Japan 2022
ISBN-978-4-596-75749-4

m a r m a l a d e b u n k o